KB164991

예
언
자

예언자

칼릴 지브란 지음

조달려 옮김

다상출판

| 차례 |

Kahlil Gibran

알무스타파의 초상
1920년 작

배가 오다

알무스타파, 선택받은 자이자 사랑받는 자,

시대의 여명이었던 그는 오르펠리즈 성에서 열두 해를 머물면서 고향의 섬으로 데려다줄 배를 기다리고 있었다.

열두 해가 지나고 수확의 달 이엘룰 초이렛날, 성 밖의 한 언덕에 올라 멀리 바다를 바라보았다. 그때 그는 보았다. 기다리던 배가 안개를 헤치며 다가오는 것을. 순간 마음의 문이 활짝 열리고 기쁨이 바다 저 멀리로 날아올랐다. 그는 두 눈을 감고 조용히 마음으로 기도했다.

언덕을 내려오자 문득 슬픔이 밀려왔다. 그는 생각했다.

어떻게 슬픔 없이 여길 떠날 수 있을까?

아니다. 영혼의 상처 없이 이 도시를 떠날 수는 없다.

이 도시에서 보낸 고통의 나날은 얼마나 길었고, 외로움으로 지샌 밤들은 또 얼마나 길었던가.

어떻게 미련 없이 고통과 외로움에서 벗어날 수 있단 말인가!

거리 곳곳에 뿌려진 수많은 내 영혼의 조각들, 벌거벗은 채 언덕을 누비던 무수한 내 간절함의 자식들, 내 어찌 이들을 두고 고통 없이 홀가분하게 떠날 수 있겠는가.

내 오늘 벗어버리려는 것은 옷이 아니라 내 손으로 찢어야 할 살갗이다.

내 오늘 남겨두고 가려는 것은 기억이 아니라 허기와 갈증으로 말랑해진 심장이다.

그러나 이제 더 이상 지체할 수 없다.

일체를 불러들이는 바다가 나를 부르니 배를 타야 한다.

머문다는 것은 밤새도록 불타오른다 해도 얼어붙는 것이고, 굳어버리는 것이며, 틀에 묶이는 것이기에.

내 여기 있는 모든 것을 데려가리라.

하지만 어떻게?

목소리는 날개를 달아준 혀와 입술을 함께 데려갈 수 없기에 홀로 창공을 날아야 한다.

독수리가 홀로 둥지도 없이 태양을 가로질러 가듯이.

산기슭에 이르렀을 때, 그는 다시 한 번 바다를 향해 몸을 돌렸다.

그때 배가 항구로 들어오고 있었고, 뱃머리에는 고향에서 온 선원들이 보였다.

그의 영혼이 그들을 향해 소리쳤다.

내 태곳적 어머니의 아들들이여, 그대 조류를 타고 온 이들이여.

얼마나 자주 내 꿈속을 항해했던가.

이제 그대들이 깨어 있는 내게로 왔으니, 이는 더욱 깊은 꿈이다.

나는 이제 떠날 준비가 되었고, 내 열망은 돛을 올려 바람을 기다리고 있다.

이제 고요한 대기 속에서 나는 숨을 가다듬고, 다시 한 번 다정한 눈길로 뒤돌아보리라.

그러고는 뱃사람으로서 그대들과 함께 할 것이다.

그대 광대한 바다여, 잠들지 않는 어머니여!

오직 그대만이 강물과 시냇물의 안식처이자 자유이니,

이 시냇물이 한 번 더 굽이돌고 이 숲속에서 한 번 더 속삭이면,

나는 그대에게로 가서 광대한 바다의 물방울이 되리라.

걸어가면서 그는 저 멀리 들판과 포도밭에서 사내와 아낙들

이 성문을 향해 서둘러 가는 모습을 보았다. 그리고 그는 들었다. 그들이 자신의 이름을 부르는 것을. 그리고 들녘 여기저기서 배가 온다고 외치는 소리를.

그는 중얼거렸다.

진정 작별의 날이 모임의 날이 될 것인가.

나의 마지막 밤이 정녕 나의 새벽이 될 것인가. 밭고랑에 쟁기를 내려놓고 온 이들에게, 포도주 짜는 기계를 세워놓고 온 이들에게 내가 무엇을 주어야 하는가.

내 가슴이 그들에게 따서 나눠줄 만큼 풍성한 열매가 달린 나무이기는 한가.

내 야망이 샘처럼 흘러내려 그들의 잔을 채울 수나 있을까.

나는 신의 손으로 켜는 하프인가, 아니면 신의 숨결이 내 몸속을 파고드는 플루트인가.

침묵의 구도자인 나는 침묵 속에서 어떤 보물을 찾아내어 그들에게 자신 있게 나눠줄 것인가.

오늘이 수확의 날이라면 어느 들판에, 기억도 없는 어느 계절에 씨앗을 뿌렸단 말인가.

지금이 내가 등불을 켜는 시간이라 해도, 그 안에서 타오르는 불꽃은 진정 나의 불꽃이 아니다. 텅 빈 어둠 속에서 나는 등불을 들어 올릴 뿐. 그러면 밤의 수호자가 등불에 기름을 채워 불을 밝히리라.

이렇듯 스스로에게 혼잣말을 했으나 그의 가슴속에는 미처 말하지 못한 것이 너무 많았다.
왜냐하면 그 자신도 심연에 묻힌 비밀을 말할 수 없었기에.

그리하여 그가 성으로 들어오자 사람들이 그를 에워싸며 한목소리로 외쳤다.
도시의 원로들도 앞으로 나서며 말했다.
아직 우리 곁을 떠나지 마시오. 그대는 황혼의 우리에게 한낮의 빛이었고, 그대의 젊음은 우리에게 꿈을 주었소.
그러니 그대는 이방인도 손님도 아니오. 그대는 우리의 아들이며, 우리가 가장 사랑하는 사람이오. 그러니 아직은 우리가 그대를 그리워하며 눈물짓게 하지 마시오.

그러자 남녀 사제들도 그에게 간청했다.
지금 바닷물이 그대와 우리 사이를 갈라놓게 하지 마시오.
그리하면 그대가 우리와 함께 한 세월은 기억으로만 남게 될 것이오.

그대는 우리 사이에서 빛나는 정신이었고, 그대 그림자까지도 우리의 얼굴을 밝히는 빛이었소.

우리가 그대를 얼마나 사랑했던가. 다만 우리의 사랑은 말로 표현되지 않고 장막으로 가려져 있었을 뿐. 허나 이제 우리의 사랑은 그대 앞에 소리를 내며 모습을 드러낼 것이오.

사랑이란 언제나 이별의 순간이 올 때까지 그 깊이를 알지 못하는 것이기에.

또 다른 자들이 그에게 다가와 애원했다. 그러나 그는 아무 말이 없었다. 그저 고개를 숙이고만 있을 뿐. 곁에 있던 사람들은 가슴으로 흐르는 그의 눈물을 보았다.

잠시 후 그는 그들과 함께 사원 앞 광장으로 나아갔다.

바로 그때 신전에서 한 여인이 나왔다. 그녀의 이름은 알미트라. 예언자였다.

그는 다정한 눈길로 그녀를 바라보았다. 그가 이 도시에 온 지 하루가 지났을 때 가장 먼저 다가왔고, 또 그를 믿어준 사람이었다.

그녀는 큰 소리로 인사를 했다.

최상을 추구하는 신의 예언자여, 그대는 배를 찾아 오랫동안

먼 길을 헤매었소. 이제 배가 왔으니 그대는 떠나야 하리.

그대 추억이 서려 있는 곳, 크나큰 욕망이 깃든 곳, 그곳에 대한 그대의 갈망은 한없이 깊으니,

우리의 사랑이 그대를 묶어둘 수도 없고, 우리의 바람이 그대를 붙잡을 수도 없습니다.

그러니 그대 떠나기 전에 부탁드리니, 우리에게 진리를 말해주시오.

그러면 우리는 그것을 아이들에게 전하고, 아이들은 또 그들의 아이들에게 전하게 하리라. 그리하면 진리는 영원히 사라지지 않을 것이오.

그대 오랜 고독의 나날을 보내는 동안, 우리의 지난날을 지켜보면서 우리가 잠결에 내는 울고 웃는 소리를 들었을 것이오.

그러니 이제 우리의 본모습을 우리 자신에게 보여주고, 그대가 보았던 탄생과 죽음 사이의 모든 것을 말씀해 주시오.

그러자 알무스타파가 대답했다.

오르펠리즈 시민들이여,

지금 이 순간 그대들의 영혼을 움직이고 있는 것 외에 내가 무슨 말을 할 수 있겠는가.

사랑에 대하여

그때 알미트라가 말했다.

"우리에게 사랑에 대해 말씀해 주십시오."

그러자 그가 고개를 들어 사람들을 바라보았다. 잠시 정적이
흘렀다. 이윽고 그가 소리 높여 말하기 시작했다.

사랑이 그대들에게 손짓하거든 그를 따르라. 비록 그 길이 힘
들고 험난하다 할지라도.

사랑의 날개가 그대를 감싸거든 온몸을 맡겨라.

비록 날개 속에 숨겨진 칼이 그대들에게 상처를 입힐지라도.

사랑이 그대들에게 속삭일 때 순종하라.

비록 북풍이 정원을 초토화시키듯이 그대들 꿈을 산산조각
낸다 할지라도.

사랑은 그대에게 왕관을 씌우기도 하지만 십자가를 지우기도
한다.

사랑은 그대를 성장시키기도 하지만 그대를 베기도 한다.

사랑은 저 높은 곳에서 햇빛을 받아 떨고 있는 연약한 그대의 가지를 어루만지기도 하지만 가장 낮은 곳으로 내려와 땅속에 들러붙은 뿌리를 흔들어놓기도 한다.

사랑은 곡식단을 거둬들이듯 그대를 거둬들일 것이며,

사랑은 그대를 타작해 벌거벗게 할 것이며,

사랑은 그대를 체로 걸러 껍질을 털어버릴 것이며,

사랑은 그대를 갈아 순백의 가루로 만들 것이며,

사랑은 그대를 부드러워질 때까지 반죽할 것이다.

그런 뒤 사랑은 그대를 성스러운 불꽃 위에 올려놓을 것이다.

신神의 신성한 향연을 위한 빵이 될 수 있도록.

이 모든 일을 행하는 동안 사랑은 그대 마음속에 있는 비밀을 깨닫게 하고, 그 깨달음으로 사랑은 거룩한 삶의 한 조각 심장이 되리니.

그러나 그대 만약 두려움으로 사랑의 평화와 기쁨만을 추구한다면 차라리 알몸을 가리고 사랑의 타작마당을 벗어나는 게 나으리.

그대 웃지만 전적으로 그대의 웃음이 아니며, 그대 흐느끼지만 전적으로 그대의 눈물이 아닌 계절 없는 곳으로.

사랑은 자기 외에 아무것도 주지 않으며, 자기 외에 아무것도 취하지 않는다.

사랑은 소유하지도, 소유당하지도 않는다.

사랑은 사랑 그 자체로 족하기에.

그대 사랑할 때 결코 '신이 내 마음속에 있다'고 하지 말고, '내가 신의 마음속에 있다'고 말하라.

또한 결코 생각하지 말라. 그대가 사랑의 길을 인도할 수 있다고.

사랑은 그만한 가치가 있다고 여기면 그대의 길을 인도해 줄 것이기 때문이다.

사랑은 그 스스로를 충족시키는 것 외에는 어떠한 욕망도 알지 못한다.

허나 만약 사랑하면서 욕망을 품지 않을 수 없다면, 이런 것들이 그대의 욕망이 되게 하라.

서로 하나가 되어 밤새 노래하며 흐르는 시냇물처럼 되기를.

지나친 다정함의 고통 알게 되기를.

스스로의 사랑을 깨달음으로써 상처받고, 그리하여 즐거운 마음으로 기꺼이 피 흘릴 수 있기를.

새벽에 날개 달린 심장으로 깨어나 또 하루 사랑할 수 있는 날이 주어진 것에 감사하기를.

한낮에 휴식하며 사랑의 황홀함을 명상하게 되기를.

저물녘엔 감사하는 마음으로 집으로 돌아올 수 있기를.

그런 다음 사랑하는 이를 위해 마음으로 기도하며 찬미의 노래 부르며 잠들 수 있기를.

결혼에 대하여

그때 알미트라가 다시 물었다.

"그렇다면 스승이시여, 결혼이란 무엇입니까?"

그러자 그가 대답했다.

그대들은 함께 태어났으니 영원히 함께 하라.

죽음의 흰 날개가 그대들의 시간을 흩어지게 할 때까지.

그렇다, 그대들은 말없는 그분神의 기억 속에서도 함께 있을 것이다.

허나 함께 하되 거리를 두어 천상의 바람이 그대들 사이에서 춤추게 하라.

서로 사랑하라.

허나 사랑으로 속박하지는 말라.

사랑이 두 영혼의 해안 사이에 일렁이는 바다가 되게 하라.

서로의 잔을 채우되 한쪽 잔만 마시지 말라.

서로에게 빵을 주되 한쪽 빵만 먹지는 말라.

함께 노래하고 춤추되 혼자 있는 시간을 가져라. 비록 류트의
줄들이 함께 울려 하모니를 이루더라도 각기 줄이 다르듯이.
서로에게 마음을 주어라. 그러나 그 마음을 소유하려 들지는
말라.
오직 생명의 손길만이 그대들의 마음을 간직하리니.
함께 서 있으라. 허나 너무 가까이 있지는 말라.
사원의 기둥들도 서로 떨어져 있고, 참나무와 사이프러스도
서로의 그늘 아래서는 자랄 수 없듯이.

아이들에 대하여

이번에는 아기를 품에 안은 여인이 말했다.

"아이들에 대하여 말씀해 주십시오."

그러자 그가 대답했다.

그대 아이라 해서 그대들 아이가 아니다.

그들은 스스로를 갈망하는 크나큰 생명의 아들이며 딸이다.

아이들은 그대들을 거쳐 왔을 뿐 그대들에게서 온 것이 아니며, 비록 그대들과 함께 있다 할지라도 그대들의 소유가 아니다.

아이들에게 사랑을 줄 수는 있지만 그대의 생각을 줄 수는 없다. 아이들에게는 그들 나름의 생각이 있기 때문이다.

아이들에게 육신을 위한 집은 줄 수 있으나 영혼을 위한 집을 줄 수는 없다. 아이들의 영혼은 그대가 방문할 수 없는, 심지어 꿈속에서조차 볼 수 없는 내일의 집에 살고 있기 때문이다.

그대들이 아이들처럼 되기를 바라는 것은 좋으나 아이들이

그대들처럼 되라고 강요해서는 안 된다. 왜냐하면 삶이란 되돌아갈 수도, 어제에 머물 수도 없기 때문이다.

그대는 활이다. 아이들은 마치 살아 있는 화살처럼 그대들로부터 앞으로 쏘아져 나아간다.
궁수이신 그분은 무한한 길 위에서 과녁을 겨누고, 자신의 화살이 보다 빨리, 보다 멀리 날 수 있도록 전력을 다해 활을 당기신다.
그러니 궁수이신 그분의 손으로 당겨짐을 기뻐하라. 왜냐하면 그분은 날아가는 화살을 사랑하듯 흔들리지 않는 활도 사랑하기 때문이다.

베푸는 것에 대하여

이번에는 어느 부자가 말했다.

"베푸는 것에 대하여 말씀해 주십시오."

그러자 그가 대답했다.

그대들이 소유한 것을 준다고 베푸는 것은 아니다. 진정으로 베푸는 것은 자기 자신을 내어주는 것이다.

소유한다는 것은 내일 필요할 것에 대비해 간직하고 지키는 것이 아니고 무엇이겠는가.

그리고 내일, 내일이란 것이 무엇인가. 성지 순례자들을 따라 성지를 순례하면서 흔적도 없는 모래 속에 뼈다귀를 묻어두는 신중한 개에게 내일이 무얼 가져다준단 말인가.

그리고 부족할까 두려워한다는 것, 그것이야말로 부족함이 아니겠는가.

그대의 우물이 가득 찼는데도 목마를까 두려워한다면, 이는 영원히 채울 길 없는 갈증이 아니고 무엇이겠는가.

많은 것을 가졌으나 베푸는 걸 주저하는 사람이 있다.

이들은 베푼다 해도 인정받기 위함이며, 이들의 드러나지 않는 의도로 인해 그 선물마저 불결하게 만든다.

그러나 가진 것이 얼마 없으나 모든 것을 내어주는 사람이 있다. 이들은 삶을 믿고, 세상의 너그러움을 믿는 자들이니, 이들의 금고는 결코 비는 법이 없다.

그리고 기쁜 마음으로 내어주는 자들이 있으니,

주는 즐거움이 이들에겐 보상이다.

또한 고통스럽게 베푸는 이들도 있다.

그 고통이 이들에게는 세례다.

그러나 베풀면서도 고통을 모르며, 기쁨을 구하지도 않으며,

선을 행한다는 생각조차 않고 베푸는 사람들이 있다.

이들이 베푸는 것은 마치 저 멀리 계곡에서 은매화가 향기를 내뿜는 것과 같다. 그들의 손을 통해 그분神은 말하시며, 그들의 눈 속에서 그분은 세상을 향해 미소 짓는다.

요청받고 베푸는 것은 좋은 일이다. 그러나 요청받기 전에 헤아려 베푸는 것은 더욱 좋은 일이다.

그처럼 아낌없이 베푸는 자들은 베푸는 일보다 자비를 구하는

이를 찾는 것이 더 큰 기쁨이다.

그대 움켜쥐고 있는 것이 무엇인가?

그대가 가진 것은 언젠가는 내주어야 할 것들.

그러니 지금 베풀어라. 베풂의 때는 그대에게 있는 것이지, 그대 후손에게 있는 것이 아니니.

그대들은 종종 말한다. "나는 베풀 것이다. 그러나 베풀 만한 이에게 베풀 것이다."

허나 과수원의 나무며 목장의 양떼들이 그렇게 말하는 것을 보았는가? 이들은 자신이 살기 위해 베푼다. 왜냐하면 내어주지 않고 붙잡는다는 것은 죽음이기 때문이다.

낮과 밤을 누릴 수 있는 자라면 그대로부터 무엇이든 받을 자격이 있다.

생명의 바닷물을 마실 수 있는 자라면 그대의 작은 시냇물로도 충분히 잔을 채울 만하다.

또한 받을 줄 아는 용기와 자신감, 아니 받아주는 저 자비심보다 더 큰 보답이 어디 있겠는가?

그런데 그대들은 어떤가? 남의 가슴을 찢어지게 하고 자존심을 드러내게 하여, 그들의 가치가 벌거벗겨지고 그들의 자존심이 적나라하게 드러나는 것을 보려고 하는 그대들은 도대체 누구인가?

무엇보다 먼저 그대들 자신이 베풀 만한 자격이 있는지, 베풀 만한 그릇이 되는지 돌아보라.

진실로 다른 생명에게 베푸는 것이 진정한 삶이니, 스스로 베푼다고 생각하는 그대들도 알고 보면 한낱 목격자에 지나지 않는다.

그러니 그대 받는 이들이여,

그대들은 누구 할 것 없이 모두가 받는 자들이지만 감사의 무게를 가늠하지 말라. 이는 받는 자들이나 베푸는 자 모두에게 멍에를 씌우는 일이니.

그러니 차라리 받은 선물을 날개 삼아 베푼 이와 함께 날아오르라.

자신이 진 빚에 지나치게 마음 쓰는 것은 너그러운 대지를 어머니로 삼고 신을 아버지로 삼은 그의 자비를 의심하는 것이니.

먹고 마심에 대하여

그러자 이번에는 여관 주인인 한 노인이 말했다.
"먹고 마심에 대하여 말씀해 주십시오."
그가 대답했다.

그대들이 대지의 향기로만 살 수 있다면 얼마나 좋을까. 빛으로만 살아가는 식물처럼.
그러나 그대들은 먹기 위해 무언가를 죽여야 하고, 갈증을 달래기 위해 어린 것들로부터 어미젖을 빼어야 한다. 그러니 그런 행위가 경배가 되게 하라.
또한 그대들의 식탁을 재단 삼아, 산과 들에서 얻은 순수하고 순결한 것들이 더욱 순수하고 순결한 것을 위해 희생하게 하라.

짐승을 죽일 때는 진심을 다해 이렇게 속삭여라.
'너를 죽이는 그 힘으로 나 역시 죽임을 당할 것이다. 나 또한 먹힐 것이기에.

너를 내 손으로 인도한 그 섭리가 나 역시 전능하신 분의 손으로 인도할 것이다.

너의 피와 나의 피는 천국의 나무를 키우는 수액이기에.'

그대가 사과를 한입 베어 물 때 마음속으로 이렇게 말하라.

'너의 씨앗은 내 몸속에서 살아갈 것이며, 네 미래의 새싹은 내 심장에서 꽃필 것이다.

그리하여 그대의 향기는 나의 숨결이 되고, 우리는 사계절을 함께 기뻐할 것이다.'

가을이 되어 포도즙을 짜기 위해 포도밭에서 포도를 수확할 때면 이렇게 말하라.

'나 또한 포도밭과 같으니, 내 열매 역시 포도주를 짜기 위해 거두어질 것이다.

그리고 나 역시 새 포도주처럼 영원의 항아리 속에 보관되리라.'

그리하여 겨울이 되어 포도주를 따를 때, 한 잔 한 잔에 그대의 노래가 머물게 하라.

그리고 그 노래 속에 가을날의 추억, 포도밭의 추억, 그리고 포도즙을 짜던 추억이 깃들게 하라.

일에 대하여

이번에는 어느 농사꾼이 말했다.
"일에 대하여 말씀해 주십시오."
그러자 그가 대답했다.

그대들이 일을 하는 것은 대지와 대지의 영혼과 보조를 맞추기 위한 것. 빈둥거리며 논다면 변화하는 계절의 이방인이 되어 삶의 행렬에서 밀려나게 된다.
그러니 장엄한 생명의 대열에 합류하여 무한을 향해 나아가라.

일을 하는 동안 그대들은 플루트가 되고, 플루트의 심장을 통해서 시간의 속삭임은 음악으로 변한다.
모두가 한 목소리로 조화롭게 노래하는데, 어느 누가 말 못하는 갈대가 되려 하겠는가?

그대는 일이 저주며, 노동은 불행이라는 말을 자주 들어왔을
것이다.

허나 그대들에게 단언하노니, 일한다는 것은 그대들이 대지
의 가장 깊은 꿈의 일부를 실현하는 것이다.

그 꿈은 그대들이 태어나면서 주어진 몫이다. 그대들은 일을
함으로써 진정으로 삶을 사랑하게 된다.

일을 통해 삶을 사랑하는 것만이 삶의 내면 깊숙이 숨겨진 비
밀에 다가가는 것이다.

그러나 그대 만약 괴로움을 견딜 수 없어 태어남을 고난이라
부르고, 육신을 지탱하는 것을 이마에 새겨진 저주라고 한다
면, 내 그대에게 이렇게 말하리.

그대 이마에 흐르는 땀방울만이 이마에 새겨진 그 저주를 씻
어낼 수 있다고.

그대들은 삶이 어둠이라는 말을 자주 들어왔을 것이다. 그리
하여 삶에 지치면 그대들 역시 삶에 지친 이들이 했던 말을 되
풀이한다.

내 그대에게 단언하노니, 열망이 사라지면 삶은 진실로 어둠
이라고. 모든 열망은 깨달음이 없으면 맹목적이 된다.

모든 깨달음은 노동이 없으면 헛된 것이 되고, 노동에 사랑이 없으면 공허한 것이 된다.

그러니 오직 사랑으로 일할 때만이 그대가 스스로에게 귀속되고, 이웃이며 신과 진정한 조화를 이룰 수 있다.

그러면 사랑으로 일한다는 것이 무엇인가.

그것은 그대 심장에서 실을 뽑아 피륙을 짜는 것, 마치 사랑하는 이가 그 옷을 입기라도 하듯이.

그것은 애정으로 집을 짓는 것, 마치 사랑하는 이가 그 집에서 머물기라도 할 것처럼.

그것은 정성껏 씨를 뿌려 기쁨으로 수확하는 것, 마치 사랑하는 이가 그 열매를 먹기라도 할 것처럼.

또한 그것은 그대들이 만들어내는 모든 것 속에 영혼의 숨결을 채우는 일이며, 모든 이의 축복 속에 세상을 떠나간 망자들이 그대들 주위에 서서 지켜보고 있음을 깨닫는 것이다.

나는 종종 그대들이 잠꼬대인 양 중얼거리는 소리를 듣는다.

"대리석 깎는 일을 하는 자, 그리하여 돌 속에서 자신의 영혼의 모습을 찾아내는 자가 밭을 가는 자보다 더 고매하다. 또한 무지개를 붙잡아 인간의 형상으로 수놓는 자가 우리의 발에

맞는 신발을 만드는 자보다 더 고매하다.”

허나 나는 말하고 싶다. 꿈속에서가 아니라 한낮에, 두 눈을 뜨고 온전한 정신으로.

바람은 늙은 참나무라고 해서 하찮은 풀잎을 대할 때보다 더 다정하게 속삭이지 않는다.

그러니 자기만의 사랑으로 바람의 속삭임을 달콤한 노래로 바꾸는 이야말로 진정 위대하다.

일이란 사랑을 눈으로 볼 수 있게 드러낸 것.

그대 만일 사랑 없이 억지로 일해야 한다면, 차라리 일손을 놓고 사원의 문 앞에 앉아 기쁘게 일하는 이들의 자선을 구하는 편이 낫다.

왜냐하면 그대가 마지못해 구운 빵은 쓰디써 먹는 이의 허기를 반도 채우지 못할 것이기에 그렇다.

또한 그대가 분노를 품고 포도를 으깬다면 그대의 분노는 포도주 속에서 독을 품을 것이다.

만약 그대가 천사처럼 노래한다 해도 사랑하는 마음으로 노래하지 않는다면, 그대는 사람들을 귀먹게 하여 낮의 소리와 밤의 소리를 듣지 못하게 할 것이다.

기쁨과 슬픔에 대하여

이번에는 한 여인이 말했다.

"우리에게 기쁨과 슬픔에 대하여 말씀해 주십시오."

그러자 그가 대답했다.

그대의 기쁨은 가면을 벗은 그대들의 슬픔이다.

그대의 웃음이 솟아나는 바로 그 우물에 때로는 그대들의 눈물이 채워진다.

어찌 그렇지 않을 수 있겠는가.

그대에게 슬픔이 파고들면 들수록 그대 더 큰 기쁨을 맛볼 수 있으리라.

그대의 포도주를 담는 잔은 도공의 가마에서 구워진 바로 그 잔이 아닌가.

그대 영혼을 달래주는 류트는 칼로 후벼파낸 바로 그 나무가 아닌가.

그대 기쁠 때, 마음속 깊은 곳을 들여다보라. 그러면 알게 되리라.

그대에게 슬픔을 주었던 바로 그것이 그대에게 기쁨을 주고 있음을.

그대 슬플 때 다시 가슴속을 들여다보라. 그러면 알게 되리라. 그대에게 기쁨을 주었던 바로 그것 때문에 그대가 지금 눈물 흘리고 있음을.

그대들 중 어떤 이는 말한다. "기쁨은 슬픔보다 더 위대하다"고. 또 어떤 이는 말한다. "아니다, 슬픔이야말로 위대하기 그지없다"고.

허나 내 그대들에게 말하노니, 그 둘은 서로 분리할 수 없다. 그 둘은 함께 오며, 한쪽이 그대들과 함께 식탁에 앉으면, 다른 한쪽은 그대의 침실에서 잠들어 있음을 기억하라.

진실로 그대는 기쁨과 슬픔 사이에서 저울추처럼 매달려 있나니, 그대들은 오직 비어 있을 때만이 균형을 이루게 된다. 보물지기가 금과 은의 무게를 달듯이 그대를 들어 올리면, 그대들의 기쁨과 슬픔은 쉼없이 오르내릴 것이다.

집에 대하여

이번에는 석공이 앞으로 나와 말했다.

"집에 대하여 말씀해 주십시오."

그러자 그가 대답했다.

그대들이 도시의 성벽 안에 집을 짓기 전에 먼저 광야에 상상의 집을 지어라.

그대 해질녘이면 집으로 돌아오듯, 그대 안의 방랑자, 저 멀리 헤매 다니는 고독한 방랑자도 돌아오리라.

그대의 집은 그대의 보다 큰 육신이다.

그 집은 태양빛을 받아 자라고, 밤의 고요 속에서 잠들며, 이 역시 꿈을 꾼다.

그대의 집은 꿈을 꾸지 않는가? 꿈속에서 도시를 떠나 숲이며 언덕으로 가지 않는가?

내 씨 뿌리는 사람처럼 그대들의 집을 손으로 거두어 숲이며

들녘에 뿌릴 수 있다면,

골짜기는 그대들의 거리가 되고, 초록 숲은 그대들의 오솔길이 될 것이다.

또한 그대들은 포도밭 속에서 서로를 찾고, 옷깃에 흙냄새를 풍기며 돌아올 것이다.

그러나 그런 일은 일찍이 존재하지 않는 일이다.

그대 선조들은 두려운 마음에 그대들을 너무 가까이에 모아 놓았다. 그리하여 그대들의 두려움은 좀 더 오래 지속되리라.

또한 좀 더 오래 도시의 성벽이 그대들의 집과 들판을 갈라놓을 것이다.

그러니 오르펠리즈 시민들이여, 말해 보라.

이 집들 속에 그대들은 무엇을 가지고 있는가.

그대들이 문을 굳게 잠그고 지키고자 하는 것이 무엇인가.

그대들에게 평화가 있는가.

그대들의 권능을 드러낼 은밀한 열망인 평화가.

그대들에게 추억이 있는가.

마음과 마음을 이어주며 어렴풋이 빛나는 아치형 문이.

그대들은 아름다움을 지녔는가.

나무나 돌로 만들어진 것들로부터 성스러운 산으로 인도해
줄 아름다움이.

내게 말해 다오.

그대들의 집에 이런 것을 지니고 있는지.

아니면 안락과 안락함에 대한 갈망뿐인지.

손님으로 집을 찾았다가 이윽고 주인이 되고, 마침내 정복자
가 되어버리는 저 음흉한 안락함을.

그렇다. 그것은 그대들을 길들이는 조련사가 되어 갈고리와
채찍을 휘두르며 그대들을 더욱 큰 욕망의 꼭두각시로 만들
것이다.

비록 그 손길은 비단결 같지만 가슴은 쇠로 만들어져 있다.

그자는 그대들을 잠재워 놓고 침상 곁에 서서 육신의 존엄성
을 비웃을 것이다.

그자는 그대들의 건강한 감각을 조롱하고, 깨지기 쉬운 그릇
처럼 대하다가 엉겅퀴 가시 속에 내던질 것이다.

그렇다. 안락에 대한 욕망은 영혼의 열정을 죽이고 히죽히죽
웃으며 열정의 장례식장으로 들어올 것이다.

허나 우주의 자녀들인 그대, 쉬면서도 편치 않은 그대들은 덫

에 걸리지도 길들여지지도 말아야 한다.

그대들의 집을 닻이 아니라 돛이게 하라. 또한 상처를 덮는 반짝이는 엷은 피막이 아니라 눈을 보호하는 눈꺼풀이 되게 하라.

그러면 문으로 들어가기 위해 날개를 접을 필요도 없고, 천장에 부딪치지 않도록 머리를 숙일 필요도 없고, 벽이 부서져 내릴까봐 숨죽일 필요도 없다.

그대들은 죽은 자가 산 자를 위해 만든 무덤 속에서 살아서는 안 된다. 아무리 웅장하고 화려하다 해도 그대들의 집이 그대들의 비밀을 가릴 수 없으며, 그대들의 열망을 가릴 수도 없기 때문이다.

왜냐하면 그대들 안에 있는 무한은 하늘의 저택에 살고 있으며, 아침 안개가 그 저택의 문이고, 밤의 고요가 그 저택의 창이기 때문이다.

옷에 대하여

이번에는 베 짜는 직공이 말했다.

"옷에 대하여 말씀해 주십시오."

그러자 그가 대답했다.

그대 옷은 그대의 뛰어난 자태만 가릴 뿐, 추한 곳까지 가려주지는 않는다.

그대는 옷으로 몸의 자유를 찾으려 하나, 결국 그것은 족쇄가 되고 사슬이 됨을 알게 될 것이다.

그대 가벼운 차림으로 온몸을 한껏 햇볕에 드러내고, 바람을 맞이하라. 생명의 숨결은 햇빛 속에 있고, 삶의 손길은 바람결에 있다.

어떤 이는 말한다.

"우리에게 옷을 짜 입게 한 것은 북풍이었다"고.

그렇다. 그것은 분명 북풍이었다.

하지만 부끄러움이 그의 베틀이었고, 연약해진 힘줄이 그의 실이었다.

그리하여 베 짜는 일이 끝났을 때 북풍은 숲에서 웃었다.

잊지 말라. 수줍음은 불손한 자의 눈을 가리는 방패일 뿐이란 것을.

그러니 불손한 이가 없다면 부끄러움은 마음의 족쇄이자 찌꺼기가 아니고 무엇이겠는가.

그리고 잊지 말라.

대지는 그대 맨발의 감촉을 기뻐하고, 바람은 그대들의 머리카락과 함께 노닐고 싶어 한다는 걸.

사고파는 일에 대하여

이번에는 상인이 말했다.
"우리에게 사고파는 일에 대하여 말씀해 주십시오."
그러자 그가 대답했다.

대지는 그대들에게 아낌없이 열매를 내어준다.
그러니 그대들이 그것을 어떻게 손에 넣어야 하는지 안다면
결코 부족함이 없으리라.
진정한 풍요와 만족은 땅이 주는 선물을 서로 교환할 때 얻을
수 있다.
그러나 교환에 사랑이 없고, 정의가 없다면 어떤 자는 탐욕에
들끓고, 어떤 자는 굶주리게 될 것이다.
그대 바다며 들판, 포도밭에서 땀 흘리는 이여,
시장에서 베 짜는 이, 도자기 빚는 이, 향료 모으는 이를 만나면
대지를 주관하는 신에게 기도하라.
그대들 사이로 와서 서로의 값을 청정한 저울에 올려 셈하게

해달라고.

이때 빈손으로 온 자가 거래에 끼어들지 않게 하라. 그들은 말로서 그대들의 노동을 사려는 자들이니, 그들에게 말하라.

'우리와 함께 들판으로 갑시다. 아니면 우리 형제들과 함께 바다로 가서 그물을 던지시오. 땅과 바다는 우리에게 했듯이 그대들에게도 아낌없이 베풀 것이오.'

만약 그곳에서 노래하는 자며 춤추는 자, 그리고 플루트 연주자를 만나거든 그들의 재능에 기꺼이 돈을 지불하라.

이들 역시 열매와 유향을 모으는 자들이며, 그들이 파는 것이 비록 꿈으로 만들어졌다 하더라도 그것은 그대들 영혼을 위한 옷이며 양식이다.

그러므로 그대는 시장을 떠나기 전에 빈손으로 돌아가는 이가 없는지 살펴보라.

대지를 주관하는 신은 그대들의 욕구가 채워지기 전에는 미풍 위에서 평화로이 잠들지 못할 것이니.

죄와 벌에 대하여

이번에는 도시의 한 재판관이 나서며 말했다.
"죄와 벌에 대하여 말씀해 주십시오."
그러자 그가 대답했다.

그대 영혼이 바람 속을 헤맬 때, 지켜주는 이 없어 혼자가 되었을 때, 누군가에게 죄를 짓고, 스스로에게도 죄를 짓는다.
그렇게 행해진 잘못으로 인해, 축복의 문 앞에서 속절없이 문을 두드리며 기다려야 한다.

그대 신적 자아는 대양과 같다. 그러니 영원히 더럽혀지지 않는다.
그것은 창공과 같아 날개 있는 것만 들어 올린다.
거룩한 이 신적 자아는 태양과도 같아 두더지의 길을 모르며, 뱀처럼 구멍을 찾지도 않는다.
허나 이 신적 자아는 그대 안에 홀로 머무는 게 아니다.

그대 안의 많은 부분이 그저 인간의 모습을 하고 있을 뿐, 아직 인간에 이른 것이 아니다. 다만 깨우침을 찾아 멍하니 안개 속을 헤매는 볼품없는 난쟁이와 같을 뿐.

이제 나는 그대 내면의 인간에 대해 말하려 한다.
왜냐하면 죄를 알고 그 죄에 대한 벌을 아는 자는 그이며, 그대의 신적 자아도 안개 속을 헤매는 난쟁이도 아니기 때문이다.

나는 종종 그대들이 죄지은 사람에 대해서 말하는 것을 듣는다.
그가 그대들 중 누군가가 아니라 마치 그대들에게 온 이방인인 것처럼, 그대들 사회에 끼어든 침입자인 것처럼 말하는 것을 듣는다.
그러나 제아무리 성자며 정의로운 자라 할지라도 그대들 각자의 내면에 있는 지고한 것을 뛰어넘을 수는 없다.
또 아무리 사악하고 나약한 자라 할지라도 그대들 각자의 내면에 있는 가장 낮은 것보다 더 낮아질 수는 없다.
하나의 잎새가 노랗게 물드는 것은 나무 전체의 묵인 아래 이루어지듯이, 누군가가 악행을 행할 때 역시 그대들 모두의 드러나지 않는 묵인이 반영된다.
마치 하나의 행렬처럼 그대들은 그대의 신적 자아를 향해 함께 나아간다.

그대들은 스스로가 길이자 길 위를 걷는 나그네다.

그대들 중 누군가가 넘어지면, 그것은 뒤에 오는 이를 위한 것으로, 발부리가 돌에 걸리지 않도록 조심하라는 경고다.

그렇다, 그가 넘어진 것은 자신보다 앞서 걷는 이들을 위해서이기도 하다.

비록 빠르고 확실한 걸음걸이로 앞서 가긴 하지만 돌을 치운 것은 아니기에.

그러니 비록 이 말이 그대들 가슴을 무겁게 할지라도 명확한 진실이다.

살해당한 자는 자신의 죽음에 책임이 없지 않으며,

도둑맞은 자는 도둑당한 것에 책임이 없지 않다.

정의로운 자는 사악한 자의 행동에 완전히 자유롭지 않으며,

정직한 자는 중죄인의 범죄에 완전히 결백하지 않다.

그렇다. 죄인이란 때로는 피해자의 희생양이다.

더러는 죄 없고 결백한 자의 짐을 대신 지고 가는 자다.

그러니 그대들은 정의로운 자와 정의롭지 않은 자, 선한 자와 사악한 자를 구분해서는 안 된다.

그들은 마치 검은 실과 흰 실이 교차되어 직조되는 천처럼

태양의 면전에 함께 서 있기 때문이다.

그러므로 직공은 검은 실이 끊어지면 천 전체를 살펴보거나 베틀까지 살펴봐야 한다.

그대 가운데 누군가가 부정한 아내를 심판하려거든 먼저 그 남편의 마음도 저울에 달아보게 하고, 또한 그 영혼의 크기도 측정해 보게 하라.

또 범죄자를 채찍질하려는 자가 있거든 그로 하여금 피해자의 영혼도 살펴보게 하라.

만약 그대 가운데 누군가가 정의의 이름으로 벌을 가하고, 악의 나무에 도끼질을 하려 한다면 나무의 뿌리도 살펴보게 하라.

그러면 발견하게 될 것이다. 선과 악의 뿌리며, 열매 맺는 것과 열매 맺지 못하는 모든 뿌리들이 침묵하는 대지의 가슴속에 한데 뒤엉켜 있음을.

그렇다면 정의로운 재판관들이여!

비록 육신은 정직하나 영혼은 도둑인 자에게 어떤 판결을 내리겠는가?

육신은 살인을 했지만 정신이 살해당한 자에게 어떤 벌을 내리겠는가?

사기꾼이며 가해자지만 그 또한 피해자이며 희생자라면 그를 어떻게 기소하겠는가.

그리고 저지른 죄보다 뉘우침이 더 큰 자를 그대는 어떻게 벌할 것인가.

뉘우침이란 그대가 기꺼이 섬기고자 하는 바로 그 법에 의해 통치되는 정의가 아니고 무엇인가.

그러니 그대는 죄 없는 이에게 죄책감을 강요할 수도, 죄지은 이의 가슴에서 죄책감을 걷어낼 수도 없으리라.

죄책감이란 초대받지 않아도 밤중에 찾아와 사람들을 깨워 스스로를 들여다보게 할 것이기에.

그러니 정의를 이해하려는 이여!

모든 행동을 환한 불빛 아래 샅샅이 살피지 않는다면 어떻게 정의를 이해할 수 있겠는가.

오직 그때만이 그대는 알게 되리라.

똑바로 서 있는 자와 넘어진 자가 난쟁이 자아인 밤과 신적 자아인 낮 사이의 어스름한 빛 속에 서 있는 동일한 사람이라는 것을.

또한 사원의 주춧돌이 그 바닥에 놓인 가장 낮은 돌보다 결코 높지 않다는 것을.

법에 대하여

이번에는 법률가가 말했다.

"스승이시여, 우리의 법이란 무엇입니까?"

그러자 그가 대답했다.

그대들은 법 만들기를 좋아하지만 법 깨뜨리는 걸 더 기뻐한다.

마치 바닷가에서 아이들이 끊임없이 모래성을 쌓다가 키들거리며 허물어버리듯이.

하지만 그대들이 모래성을 쌓는 동안 바다는 더 많은 모래를 해변으로 밀어 보내고,

그대들이 모래성을 허물 때면 바다는 그대들과 함께 웃는다.

바다는 진실로 순진무구한 이와 더불어 웃는다.

하지만 삶이 바다가 아니고, 인간이 만든 법이 모래성도 아니라면,

삶이 바위이고, 법을 끌로 삼아 그 바위에 자신의 형상을 새기는 자에게 무어라 하겠는가.

춤추는 이를 시기하는 저 절름발이에게 뭐라고 말하겠는가.

자신의 멍에는 사랑하면서 숲속의 사슴이며 순록들을 길 잃은 떠돌이로 여기는 황소에게 무어라 하겠는가.

제 허물은 벗지 못하면서 세상의 모든 뱀들에게 벌거벗은 채 부끄럼도 모르고 다닌다고 하는 늙은 뱀에게 무어라 하겠는가.

결혼 잔치에 일찌감치 찾아와 배불리 먹고 싫증나 돌아가면서, 모든 잔치는 위법이며 초대된 손님들은 법을 어겼다고 하는 이에게 무어라 하겠는가.

내 이들에게 무어라 말하겠는가.

이들도 햇빛 아래 서 있지만 태양을 등지고 서 있다는 것 외에.

이들은 자기 그림자만 볼 뿐이며 그 그림자가 이들에겐 법인 것을.

이들에게 태양이란 단지 그림자를 드리우는 존재에 지나지 않는 것을.

이들이 법을 따른다는 것은 몸을 웅크려 자신의 그림자를 쫓는 일이 아니고 무엇이겠는가.

그러니 태양을 쫓는 이여, 땅 위에 새겨진 어떤 형상이 그대를 붙잡을 수 있단 말인가.

바람 따라 여행하는 이여, 어떤 풍향계가 그대 가는 길을 안내할 수 있단 말인가.

인간이 만든 감옥의 문이 없는 곳에서 그대 자신의 멍에를 푼다면, 어떤 인간의 법이 그대를 속박할 수 있겠는가.

인간이 만든 쇠사슬에 걸려 비틀거리지 않고 춤출 수 있다면, 어떤 법이 그대를 두렵게 할 수 있겠는가.

그대 스스로가 자신을 감싼 옷을 찢어버린다 해도 인간의 길에서 벗어나지 않는다면 그 누가 그대를 심판할 수 있겠는가.

오르팰리즈 시민이여,

그대들은 북소리를 잠재울 수 있고, 리라 줄을 풀어 놓을 수도 있다.

하지만 그 누가 종달새에게 노래를 중단하라고 명령하겠는가.

자유에 대하여

이번에는 웅변가가 말했다.

"자유에 대하여 말씀해 주십시오."

그러자 그가 대답했다.

성문 앞이며, 집 안의 난롯가에서 그대들이 엎드려 자신에게 주어진 자유를 찬양하는 것을 보았다.

자신을 죽일지도 모르는 폭군 앞에 엎드려 몸을 낮추고 그를 칭송하는 노예처럼.

그렇다. 사원의 숲이며 성채의 그늘 아래에서 나는 보았다.

그대들 가운데 가장 자유로운 자조차 마치 멍에나 수갑처럼 자신의 자유를 차고 있는 것을.

순간 내 심장에서 피가 흘렀다.

왜냐하면 자유에 대한 갈망조차도 그대들의 입을 막는 마구가 되니, 자유가 최후의 목표며 성취라고 주장하는 걸 그만둘 때만이 그대들이 자유로울 수 있기에.

낮에는 근심이 없고 밤에는 갈망과 슬픔이 없는 때가 아니라, 오히려 이러한 것들이 삶을 얽어맨다 해도 이들을 벗어던지고 초월하여 일어설 때, 그대들은 진정 자유롭게 되리라.

단언컨대 그대들이 예지의 새벽에 묶어두었던 사슬을 한낮에 끊어내지 않는다면 어떻게 낮과 밤을 넘어설 수 있겠는가.
그대들이 진정 자유라고 부르는 것은 사슬 중에서도 가장 강력한 것이다. 비록 그 고리가 햇빛에 반짝이며 그대들의 눈을 부시게 한다 할지라도.

그러므로 보라, 그대들이 자유로워지기 위해 버리려는 것은 한 조각 자신의 자아가 아니고 무엇인가.
그대들이 불공정한 법이라며 버리려는 것도 알고 보면 그대 자신들의 이마 위에 스스로 적은 것이 아닌가.
그대들이 아무리 열심히 법전을 불태운다 해도, 설사 재판관의 이마를 씻고 바닷물을 퍼붓는다 해도 그것을 지울 수는 없다.
만일 그대들이 몰아내려는 것이 폭군이라면 먼저 살펴야 한다.
그대들 내부에 들어선 폭군의 권좌가 무너졌는가를.

그 자유 속에 조금의 억압도, 그 자존 속에 한 점의 부끄러움도 없다면 아무리 폭군이라 해도 진정한 자유인, 진정한 자부심을 가진 이를 함부로 다스릴 수는 없으리라.

그대들이 벗어 던지려는 것이 근심이라면, 그 근심은 누군가의 강요가 아니라 스스로가 선택한 것이다.
그대들이 떨쳐버리려는 것이 두려움이라면, 그것이 차지한 자리는 두려움의 대상에게 있는 것이 아니라 그대들 가슴속에 있다.
그렇다. 진실로 이 모든 것들은 그대 존재 안에서 반쯤 뒤엉킨 채 끊임없이 움직이고 있다.
갈망하는 것과 두려워하는 것, 싫어하는 것과 소중히 여기는 것, 추구하는 것과 벗어나고 싶은 것들이.
이러한 모든 것들이 그대 안에서 빛과 그림자처럼 서로 달라붙어 짝을 이루어 움직이고 있다.
그리하여 그림자가 희미해져 더 이상 보이지 않을 때, 서성이고 있던 빛은 또 다른 빛의 그림자가 된다.
이렇듯 그대들의 자유는 족쇄에서 벗어나는 순간 더 큰 자유의 족쇄가 될 것이다.

이성과 열정에 대하여

그러자 여사제가 다시 말했다.

"이성과 열정에 대하여 말씀해 주십시오."

그리하여 그가 말했다.

그대들의 영혼은 종종 전쟁터가 된다, 그대들의 이성과 판단력이 감정과 열정에 맞서 싸우는.

만일 내가 그대들 영혼의 중재자가 될 수 있다면, 그대들 내면에서 일어나는 다툼과 갈등을 화해시켜 노래 부를 수 있게 하련만. 하지만 어찌 그것이 가능하겠는가. 그대 스스로가 중재자가 되지 않는다면, 아니 그대들 안에 존재하는 요소들을 사랑하지 않는다면.

그대의 이성과 열정은 바다를 항해하는 영혼의 방향키이자 돛이다. 그대의 키나 돛 중 어느 하나가 부러지면, 그대들은 바다 한가운데서 정처 없이 표류하거나 꼼짝없이 멈춰 있어야 한다.

왜냐하면 이성은 홀로 다스리면 억압하는 힘이 되며, 열정은 주의를 기울이지 않으면 스스로를 파괴하는 불꽃이 되기 때문이다.

그러므로 영혼으로 하여금 이성을 열정의 높이로 끌어올리게 하라. 영혼이 노래할 수 있도록.

그리고 이성의 힘으로 열정을 인도케 하라. 그대들의 열정이 날마다 부활하여 살아날 수 있도록. 마치 불사조가 스스로를 불사른 잿더미에서 다시 일어나듯이.

그대의 판단력과 욕망을 그대 집에 초대된 귀한 손님처럼 대하라.

분명히 그대들은 한 손님을 다른 손님보다 더 귀하게 대접하지는 않을 것이다.

왜냐하면 한 손님에게만 마음을 쏟으면 결국 두 사람 모두로부터 사랑과 신뢰를 잃게 될 것이기에.

그대들이 언덕 사이에 있는 은백양의 시원한 그늘 아래 앉아 멀리 보이는 초원의 평화와 고요함을 느낄 때, 그대 가슴으로 하여금 조용히 말하게 하라.

"신이 이성 속에 쉬고 계신다."

그리고 폭풍우와 함께 거센 바람이 숲을 흔들고, 천둥 번개가 하늘의 장엄함을 드러낼 때, 두려운 마음으로 말하게 하라.

"신이 열정 속에 움직이신다."

그러면 그대들은 그분의 세계에 속한 숨결이며, 그분의 숲속에 서 있는 잎이기에, 그대들 또한 이성 안에 머무르며 열정으로 움직일 것이다.

고통에 대하여

이번에는 한 여인이 말했다.
"우리에게 고통에 대하여 말씀해 주십시오."
그러자 그가 대답했다.

고통이란 그대들의 분별력을 둘러싸고 있는 껍질이 부서지며
오는 통증이다.
과일의 씨도 햇빛을 보려면 딱딱한 껍질을 깨고 나와야 하듯
그대 고통을 이해해야 한다.
만약 날마다 일어나는 삶의 기적을 경이로운 눈으로 본다면
고통 역시 기쁨 못지않게 경이로울 것이다.
그대 들판을 지나가는 계절에 언제나 순응했듯이 가슴속의
계절도 견뎌내게 될 것이다.
그러면 슬픔의 겨울도 고요한 마음으로 응시할 수 있으리라.

그대 고통의 대부분은 스스로가 택한 것,

그것은 그대 안의 의사가 병든 자아를 치유하기 위해 처방한 쓰디쓴 약과 같은 것, 그러니 믿음을 갖고 그 약을 묵묵히 받아 마셔라.

그의 손이 아무리 매섭고 거칠다 해도 보이지 않는 그분의 부드러운 손길로 인도된 것이니.

그가 내오는 잔이 그대들의 입술을 화끈거리게 할지라도, 그 잔은 도공의 성스러운 눈물로 적신 흙으로 빚은 것이니.

자아 인식에 대하여

이번에는 한 남자가 말했다.

"자아 인식에 대하여 말씀해 주십시오."

그러자 그가 대답했다.

그대 가슴은 말이 없어도 알고 있다. 낮과 밤의 비밀을.

허나 그대의 귀는 가슴이 아는 것을 소리로 듣길 원한다.

또한 생각으로 이미 알고 있는 것을 말로서 듣기를 원하며, 꿈의 벌거벗은 알몸을 손가락으로 만지고 싶어 한다.

그야 당연하다.

그대 영혼의 보이지 않는 샘도 솟아올라 바다로 흘러가야 하기에.

그러면 그대 내면의 무한한 심연 아래에 있는 보물이 그대 눈앞에 모습을 드러낼 것이다.

허나 그대 그 신비의 보물을 절대 저울로 달지 말라.

또 그 앎의 깊이를 재려고 대자나 줄자를 사용하지 말라.
자아란 측량할 수도 없고 끝도 없는 바다이기 때문이다.

절대 이렇게 말하지 말라. '진리를 찾았다'고.
차라리 이렇게 말하라. '한 가지 진리를 찾았다'고.
절대 이렇게 말하지 말라. '영혼의 길을 찾았다'고.
차라리 이렇게 말하라. '나는 내 길을 가고 있는 한 영혼을 만났다'고.
왜냐하면 영혼은 모든 길을 가는 것이기 때문이다.
영혼은 어느 하나의 길을 걷는 것도, 갈대처럼 자라는 것도 아니다. 수많은 꽃잎을 가진 연꽃처럼 스스로 펼쳐진다.

가르치는 것에 대하여

이번에는 한 교사가 말했다.

"가르치는 것에 대하여 말씀해 주십시오."

그러자 그가 대답했다.

어느 누구도 그대들에게 무엇을 가르칠 수는 없다. 그대 지식의 새벽에 반쯤 잠들어 있는 것을 깨우는 것 외에는.

제자들에게 둘러싸여 사원의 그늘 속을 걷는 교사는 그의 지혜를 주는 것이 아니라 믿음과 사랑을 주는 것이다.

그가 진실로 지혜롭다면 그대들에게 자신이 지은 지혜의 집으로 들어오라고 강요하지는 않을 것이다.

차라리 그대 자신의 마음의 문으로 인도할 것이다.

천문학자는 우주에 대한 지식을 들려줄 수는 있지만, 자신의 깨달음을 전해 줄 수는 없다.

음악가는 일체의 공간에 있는 아름다운 곡조를 들려줄 수는 있지만, 그 리듬을 포착하는 귀나 그것을 울려내는 목소리까지 줄 수는 없다.

또한 수학에 정통한 자는 무게와 크기의 영역에 대해서는 말할 수 있으나, 그대들을 그 세계로 인도할 수는 없다.

왜냐하면 통찰력이 있다 해도 그 날개를 다른 사람에게 빌려 줄 수는 없기 때문이다.

그러므로 그대들은 신의 인식 속에 홀로 서 있듯이, 스스로의 힘으로 신의 존재를 깨닫고, 대지를 이해해야 한다.

우정에 대하여

이번에는 한 젊은이가 말했다.

"우정에 대하여 말씀해 주십시오."

그러자 그가 대답했다.

친구란 그대 욕망에 대한 응답이며,

사랑으로 뿌린 씨를 고마움으로 거두는 그대의 들판이다.

또한 그대들의 식탁이자 따뜻한 난로다.

그대는 허기질 때 친구를 찾고, 그에게서 평화를 찾는다.

그대 친구가 속마음을 털어놓을 때, 그대는 진솔한 마음으로 '아니다'라고 말하기를 두려워하지 말고, 그렇다고 '맞다'고 대답하기를 꺼리지도 말라.

친구가 침묵할 때에도, 그의 가슴에 귀 기울이기를 멈추지 말라.

왜냐하면 우정 속에서는 모든 생각, 모든 욕망, 모든 기대가 소리 없는 기쁨으로 생성되고 공유되기 때문이다.

친구와 헤어지는 것을 슬퍼 말라.

그대가 친구를 사랑한다는 것은 그가 없을 때 더욱 분명해진다. 산을 오르는 이에게 산은 평지에서 볼 때 더욱 뚜렷하게 드러나듯이.

영혼을 심오하게 하는 것이 아니라면 우정에 어떠한 목적도 두지 말라.

자신의 신비를 드러내는 것 외에 다른 무엇인가를 추구하는 사랑은 이미 사랑이 아니기 때문이다. 그것은 단지 던져놓은 그물에 불과하며, 거기에 걸려드는 것은 무의미한 것뿐이다.

그러므로 그대 친구를 위해 최선을 다하라.

만약 친구가 그대의 어려운 시기를 알고 있거든 좋은 때도 알게 하라.

그저 시간을 보내기 위해 찾는 친구가 무슨 의미가 있겠는가.

되도록 의미 있는 시간을 갖기 위해 친구를 찾으라.

그대의 기대를 채우는 것은 친구의 기대에도 부응하는 것이지 결코 공허함을 달래기 위한 것은 아니다.

그러므로 달콤한 우정 속에 웃음이 깃들게 하고, 함께 기쁨을 나누도록 하라.

작은 이슬방울 속에서도 마음은 아침을 발견하고 다시 생기를 되찾는 것이기에.

대화에 대하여

이번에는 한 학자가 말했다.

"대화에 대하여 말씀해 주십시오."

그러자 그가 대답했다.

그대들은 생각이 많아 마음이 불편할 때 말을 한다.

마음의 외로움을 더 이상 견딜 수 없을 때 그대들은 입을 열며,
이때 소리는 기분전환이자 즐거움이 된다.

허나 말이 많아지면 생각은 사라지게 마련.

생각이란 하늘을 나는 새와 같아서 말의 새장 속에서는 날개
를 펼 수 있을지 모르지만 결코 날 수는 없다.

사람들은 종종 홀로 있는 것이 두려워 말 상대를 찾는다.

그대들은 고독한 침묵이 벌거벗은 자아를 드러내는 것을 피
하고 싶어 한다.

어떤 사람은 자신도 이해하지 못하는 진리를 스스럼없이 내
뱉기도 한다. 허나 진리를 알고 있지만 입 밖에 내어 말하지

않는 사람도 있다. 그들의 가슴속에는 소리 없는 영혼이 꿈틀거린다.

거리며 장터에서 친구를 만나거든 그대 안의 영혼이 입술을 움직여 혀를 인도하게 하라.

그대 내면의 목소리가 친구의 내면에 속삭이도록.

그러면 그의 영혼은 그대 가슴의 진심을 마치 잊을 수 없는 포도주 맛처럼 기억할 것이다.

그 빛깔이 잊히고 그 잔 또한 기억에서 사라질 때까지.

시간에 대하여

이번에는 한 천문학자가 물었다.

"스승이시여, 시간이란 무엇입니까?"

그러자 그가 대답했다.

그대는 잴 수도 없고 헤아릴 수도 없는 시간을 재려고 한다.

또한 시간과 계절에 따라 스스로의 행동을 조절하려 한다. 심지어 영혼의 방향까지도.

그대는 시간을 강물이라 여기고, 그 강둑에 앉아 흐르는 강물을 지켜보려 한다.

그러나 그대 속의 무한無限은 생명의 영원성을 인식하며,

어제는 단지 오늘의 기억이며, 내일은 오늘의 꿈이란 걸 안다.

그리하여 내면에서 노래하고 명상하는 자는 별들이 우주 공간으로 흩어지던 그 첫 순간의 영역 속에 머물고 있다.

그대들 가운데 사랑의 무한한 힘을 알지 못하는 이 누구인가.

또한 그 사랑이 무한한 힘을 가졌으나 존재의 핵심에 둘러싸여 있어서, 이런저런 사랑의 생각에서, 또 이런저런 사랑의 행위로 옮겨다니는 것이 아니란 걸 모르는 이 누구인가.

시간이란 사랑과 같이 무한하여 나눌 수가 없다.

그러나 그대 만약 생각 속에서 시간을 계절로 측정해야 한다면, 각각의 계절로 하여금 모든 계절을 에워싸게 하라.

그리고 오늘로 하여금 기억으로 과거를, 희망으로 미래를 품게 하라.

선과 악에 대하여

이번에는 도시의 원로 한 명이 말했다.

"저희들에게 선과 악에 대하여 말씀해 주십시오."

그러자 그가 대답했다.

나는 그대 안의 선에 대해서는 말할 수 있지만 악에 대해서는
말할 수 없다.

악이란 굶주림과 갈증으로 고통받는 선의 다른 이름이 아니
고 무엇인가.

그렇다. 선이 굶주리면 그것은 어두운 동굴에서라도 먹을 것
을 찾고, 목마르면 썩은 물도 마다하지 않고 마시는 법.

그대는 그대 자신과 하나일 때 선하다.

하지만 그대 자신과 하나가 되지 못한다 해서 악한 것은 아니
다. 집안이 분열되었다고 해서 도둑의 소굴이 된 것은 아니기
때문이다. 그저 분열되었을 뿐이다.

방향키가 없는 배가 위험한 섬 사이를 정처 없이 표류한다고
해서 바닥에 가라앉는 것은 아니다.

그대들은 그대 자신을 주려고 애쓸 때 선하다.
허나 그대 자신의 이득을 추구한다고 해서 악한 것은 아니다.
이득을 추구한다는 것은, 대지에 달라붙어 그 젖가슴을 빠는
뿌리와 다름없기 때문이다.
그렇다. 열매가 뿌리에게 이렇게 말할 수는 없다.
'나처럼 충만하게 무르익어 풍요로움을 내어주라'고.
왜냐하면 열매는 주는 것이 필요하지만 뿌리는 받는 것이 필
요하기에.

그대들은 활짝 깨어 있는 정신으로 말할 때 진정 선하다.
허나 그대들의 혀가 멍하게 목적 없이 비틀거린다 해도 악한
것은 아니다.
심지어 더듬거리며 말한다 해도 연약한 혀를 강하게 할 수 있
기에.

그대는 목적지를 향하여 굳세고 당당한 발걸음으로 나아갈
때 선하다. 허나 절름거리며 다른 쪽으로 향한다고 해서 악한

것은 아니다. 비록 절름거리며 걷는다고 해도 거꾸로 걷는 것
은 아니기에.

허나 강하고 빠른 자여, 보라!

그대들은 절름발이 앞에서는 절룩거리지 않는다. 그것이 배
려라는 생각에서.

그대들은 무수히 많은 방식으로 선을 행한다. 허나 선하지 않
을 때라고 해서 악한 것은 아니다. 그저 빈둥거리며 게으름을
피우는 것일 뿐. 안타깝지만 수사슴이 거북에게 빨리 걷는 법
을 가르칠 수는 없다.

그대들의 크나큰 자아를 향한 갈망 속에 선이 있다.

그 갈망은 그대들 모두에게 있다.

어떤 이에게는 그 갈망이 바다를 향해 힘차게 내닫는 급류다.

산언덕의 비밀과 숲의 노래를 싣고서.

또 어떤 이에게 갈망은 평지의 강물과 같다. 굽이굽이 흐르며
머뭇거리다 바다에 닿기도 전에 스르르 사라져버리는.

그러나 큰 갈망을 가진 사람이 작은 갈망을 가진 사람에게 이
렇게 말해서는 안 된다.

"왜 당신은 그처럼 더디며 머뭇거리는가?"라고.

진실로 선한 사람이라면 헐벗은 이에게 이렇게 묻지 않을 것
이다.

"당신 옷은 어디에 있는가?"라고.

또한 집 없는 사람에게 이렇게 묻지도 않을 것이다.

"당신 집은 어떻게 되었는가?"라고.

기도에 대하여

이번에는 한 여사제가 말했다.

"기도에 대하여 말씀해 주십시오."

그러자 그가 대답했다.

그대들은 어려움에 처하거나 필요한 것을 구할 때에만 기도한다.

그러나 기쁨으로 충만할 때나 풍요로운 때도 기도할 수 있어야 한다.

기도란 생기 있는 대기 속으로 자신을 활짝 펼치는 것이 아니고 무엇인가.

만일 그대 안의 어둠을 허공에 쏟아버리는 것이 위로받기 위함이라면, 그대 가슴의 새벽빛을 밖으로 쏟아내는 것도 기쁨이리라.

그리고 그대 영혼이 그대를 불러 기도하라고 할 때, 그대 눈물

흘리지 않을 수 없다면, 그대 영혼은 비록 눈물을 흘리지만, 그대가 활짝 웃게 될 때까지 격려하고 또 격려할 것이다.

기도할 때 그대는 천상으로 올라가, 바로 그 시간에 기도하는 수많은 사람들과 만날 것이다. 기도하지 않는다면 만날 수 없는 사람들을.

그러니 눈에 보이지 않는 사원을 방문하는 일을 황홀하고 감미로운 영적 교감이 되게 하라.

그대 오직 간청하기 위해 사원에 들어간다면 아무것도 얻지 못할 것이다.

또한 겸허해지기 위해 사원에 간다 해도 존경받지 못할 것이다.

심지어 다른 사람의 행복을 기원하기 위해 사원에 간다 할지라도 그 기원은 이루어지지 않을 것이다.

그저 보이지 않는 사원으로 들어가는 것, 그것으로 만족하라.

나는 그대들에게 어떤 말로 기도해야 할지 가르칠 수는 없다.

그분은 그대들의 입술을 통해서 직접 말씀하실 때가 아니면 그대들의 말에 귀 기울이지 않는다.

나는 그대들에게 가르칠 수는 없다.

망망한 바다와 거대한 숲과 높은 산의 기도를.

하지만 바다와 숲과 산에서 태어난 그대는 그대의 가슴속에서 이들의 기도를 발견할 것이다.

그리하여 밤의 고요 속에 귀를 기울인다면, 이들이 조용하게 속삭이는 소리를 들을 수 있을 것이다.

"우리의 신이시여, 그대는 우리의 날개 달린 자아, 우리가 뜻하는 바는 우리 안에 있는 당신의 의지입니다. 우리가 갈망하는 것 또한 당신의 갈망입니다. 당신의 것인 우리의 밤을 역시 당신의 것인 낮으로 변하게 하는 것도 우리 안에 있는 당신의 의지입니다.

우리는 당신에게 어떤 것도 요구할 수 없습니다. 왜냐하면 당신은 우리의 마음속에 욕구가 생기기도 전에 이미 알고 계시기 때문입니다.

우리에게 필요한 것은 오직 당신입니다. 당신의 보다 많은 부분을 우리에게 주심으로써 당신은 모든 것을 주신 것입니다."

쾌락에 대하여

이번에는 해마다 한 번씩 도시를 찾는 은둔자가 나와서 말했다.

"쾌락에 대하여 말씀해 주십시오."

그러자 그가 대답했다.

쾌락은 자유의 노래, 그러나 그것이 자유는 아니다.

쾌락은 그대들 욕망이 꽃처럼 피어난 것, 그러나 그것이 욕망의 열매는 아니다.

쾌락은 저 높은 곳을 향해 외치는 깊은 울림, 그러나 그것은 깊은 골짜기도 산 정상도 아니다.

쾌락은 날개가 있으나 새장에 갇혀 있는 것, 그러나 사방이 막혀 있는 것은 아니다.

그렇다. 쾌락은 진실로 자유의 노래다. 그러니 나는 그대들이 부디 마음을 다해 노래 부르기를 바란다. 허나 그 노래에 마음을 빼앗겨서는 안 된다.

어떤 젊은이들은 그것이 마치 삶의 전부인 양 쾌락을 추구하다가 비판받고 비난받는다.

하지만 나는 이들을 비판하거나 비난하지 않을 것이다.

이들에게 쾌락을 추구하게 할 것이다.

왜냐하면 이들은 쾌락을 찾는 과정에서 또 다른 무엇을 찾을 것이기 때문이다.

쾌락에는 일곱 자매가 있는데, 그중 가장 미천한 것도 쾌락보다 아름답지 않은 것이 없다.

그대 뿌리를 캐려고 땅을 파다가 보물을 발견한 남자 이야기를 들어보지 못했는가?

그대들 가운데 나이 든 이는 쾌락을 마치 술에 취해 저지른 후회로 기억하기도 한다.

하지만 후회는 마음의 형벌이라기보다 잠시 마음을 흐리게 할 뿐이다.

그들은 쾌락을 감사하는 마음으로 기억해야 한다. 마치 여름날 거두는 수확처럼.

그러나 후회하는 것이 위안이 된다면 그러라고 하라.

그대들 중에는 쾌락을 추구할 만큼 젊지도, 쾌락을 추억할 만큼 늙지도 않은 이들이 있다. 이들은 쾌락을 추구하는 것도,

추억하는 것도 두려워 일체의 쾌락을 피한다. 영혼을 방치하
거나 상처 입히지 않기 위해.

그러나 이런 행위에도 쾌락이 숨어 있다.

그러므로 이들 또한 보물을 발견하게 된다. 비록 떨리는 손으
로 뿌리를 캐고 있지만.

그러니 말해 보라. 영혼을 상처 입히는 자 누구인가.

꾀꼬리가 밤의 고요를 해치는가, 반딧불이가 별들을 어지럽
히는가.

그대들의 불꽃이, 아니면 그대들의 연기가 바람을 괴롭히
는가.

그대 생각해 보라.

영혼이 막대로 휘저을 수 있는 잔잔한 웅덩이인가?

그대들은 종종 쾌락 즐기기를 거부하지만, 그대 존재의 깊은
곳에 욕망을 숨겨두고 있다.

누가 아는가, 오늘은 잊힌 듯 보이지만 내일을 기약하고 있
을지.

그대들의 육신마저도 자신이 물려받은 유산에 대한 정당한
요구를 해야 한다는 걸 알고 있으니, 절대 속지 않으리라.

그대의 육신은 그대 영혼의 하프, 감미로운 음악을 연주할 것인지 혼란한 음악을 연주를 할 것인지는 그대 영혼에 달려 있다.

이제 그대는 스스로에게 이렇게 묻고 있구나.
"우리는 쾌락 속에서 어느 것이 선이고 어느 것이 선이 아닌지 어떻게 구별해야 하는가?"

가라, 그대의 들판과 정원으로.
그러면 꽃에서 꿀을 모으는 벌의 쾌락을 알게 될 것이다. 그리고 벌에게 꿀을 내주는 것 또한 꽃의 쾌락이라는 것도 알게 될 것이다.
벌에게 꽃은 생명의 샘이며, 꽃에게 벌은 사랑의 전령이기 때문이다.
그러니 벌과 꽃 모두에게 쾌락을 나누는 것은 절실할 정도로 황홀하다.

오르팰리즈 시민들이여, 꽃과 벌처럼 쾌락을 누려라.

아름다움에 대하여

이번에는 한 시인이 말했다.
"아름다움에 대하여 말씀해 주십시오."
그러자 그가 대답했다.

아름다움 스스로가 그대들의 길이 되고 안내자가 되어주지
않으면 그대들은 어디에서 아름다움을 구하며, 어떻게 아름
다움을 찾겠는가?
그리고 아름다움이 그대들의 말을 엮어주는 직공이 아니라
면, 그대들이 어떻게 아름다움을 말할 수 있겠는가?

고통받는 자들과 상처받은 자는 말한다.
"아름다움은 상냥하고 부드럽다. 자신에게 주어진 축복을 부
끄러워하는 젊은 어머니처럼 아름다움은 우리와 함께 거닌
다."
열정적인 사람들은 말한다.

"아니다, 아름다움은 힘차고 두려운 존재다. 그것은 폭풍처럼 발아래에 있는 땅을 흔들거나 머리 위에 있는 하늘을 흔든다."

피곤에 지친 사람들은 말한다.
"아름다움은 부드러운 속삭임, 그것은 우리의 영혼 깊은 곳에서 말을 거는 것. 마치 그림자가 두려워 떠는 빛처럼 침묵에 몸을 맡긴 채."
그러나 불안한 자들은 말한다.
"우리는 산속에서 아름다움의 외침을 들었다. 그 소리와 함께 말발굽 소리, 날개가 파닥이는 소리, 사자의 포효도 들었다."

밤이 오면 도시의 파수꾼들은 말한다.
"아름다움은 동쪽에서 새벽빛과 함께 솟아오른다."
그리고 정오가 되면 노동자며 나그네가 말한다.
"우리는 해질녘 창문을 통해 아름다움이 대지에 몸을 기대고 있는 것을 보았다."

한겨울의 눈 속에 갇힌 이들은 말한다.
"아름다움은 봄과 함께 찾아와 저 언덕 위에서 뛰어놀 것이다."

여름의 열기 속에서 수확하는 이들은 말한다.

"우리는 아름다움이 가을 낙엽들과 함께 춤추는 모습을 보았고, 그 머리카락 사이로 눈발이 흩날리는 것도 보았다."

이 모든 것은 그대들이 아름다움에 대해 말해 온 것.

그러나 사실은 아름다움에 대해 말한 것이 아니라 채워지지 않는 욕망에 대해 말한 것이다.

아름다움은 욕망이 아니라 환희다. 이는 목마름으로 타는 입술도, 구걸하기 위해 내민 손이 아니라 불타오르는 심장이며, 매료된 영혼이다.

그것은 눈에 보이는 형상도, 들을 수 있는 노래도 아니다.

그것은 두 눈을 감아도 보이는 형상이며, 귀를 막아도 들리는 노래다.

그것은 주름진 나무껍질 속으로 흐르는 수액도, 발톱에 매달린 날개도 아니다.

그보다는 영원히 꽃이 지지 않는 정원이며, 영원히 날고 있는 천사들의 무리다.

오르펠리즈 시민들이여,

아름다움이란 삶이 장막으로 가린 성스러운 자기 얼굴을 드러낼 때의 생기다.

그러니 그대는 생명인 동시에 장막이다.

아름다움은 거울 속에 비친 자신을 응시하고 있는 영원.

허나 그대들은 영원이며 거울이기도 하다.

종교에 대하여

이번에는 나이 든 성직자가 말했다.

"우리에게 종교에 대하여 말씀해 주십시오."

그러자 그가 대답했다.

오늘 내가 말한 것은 종교가 아니고 무엇인가.

종교란 일체의 행위이자 명상 아닌가.

종교가 행위도 명상도 아니라면, 손으로 돌을 다듬고 베틀을 만지는 순간에도 끊임없이 영혼에서 솟아나는 경이로움과 놀라움 아니겠는가.

그 누가 신념과 행위를 구별하고 믿음과 직업을 나눌 수 있겠는가.

그 누가 자신의 시간을 눈앞에 펼치며 말할 수 있겠는가.

"지금은 신을 위한 시간, 지금은 나를 위한 시간, 지금은 내 영혼을 위한 시간, 지금은 내 육신을 위한 시간"이라고.

그대의 모든 시간은 자아에서 자아로 허공 속을 퍼덕이며 날아가는 날개다.

그러니 도덕을 최고의 옷인 양 걸치고 다니느니 차라리 벌거벗고 다니는 게 낫다.

바람이나 태양이 그 살갗에 구멍을 내지는 않을 것이니.

자신의 행동을 윤리의 울타리에 가두는 것은 자기 내면에서 노래하는 새를 새장 안에 가두어두는 것.

무릇 자유로운 노래는 쇠창살 사이에서 나오지 않는다.

또한 열렸다가 금세 닫히는 창문처럼 예배드리는 자여, 그대는 아직 영혼의 집을 방문하지 않은 사람이다. 새벽에서 새벽까지 창이 열려 있는 영혼의 집을.

그대들 나날의 삶이 그대들의 사원이자 종교다.

그대 그 사원으로 들어갈 때에는 그대 전부를 가지고 들어가라.

쟁기며 풀무 그리고 나무망치와 류트도.

꼭 필요해서 만든 것이건, 기쁨을 얻기 위해 만든 것이건 모두 가지고 가라.

환상 속에서도 그대는 그대가 이룬 것보다 높아질 수 없고, 실패한 것보다 낮아질 수 없기 때문이다.

그리고 그대여, 부디 사람들과 더불어 가라.

아무리 찬미를 해도 그대는 이들의 희망보다 더 높이 날 수도,
이들의 절망보다 더 낮아질 수 없기 때문이다.

그대 만약 신을 알고 싶다면, 수수께끼를 풀려고 하지 말라.
차라리 그대들 주변을 둘러보라. 그러면 그대는 그분이 아이
들과 놀고 있는 모습을 보게 될 것이다.

그리고 하늘을 올려다보라. 그러면 그분이 구름 속을 거닐며,
번개 속에 팔을 뻗고, 비와 함께 내려오는 모습을 볼 것이다.
또한 그분이 꽃 속에서 미소 짓다가, 나무에 올라가 손을 흔드
는 것도 보게 되리라.

죽음에 대하여

이번에는 알미트라가 말했다.

"이제 죽음에 대하여 묻고 싶습니다."

그리하여 그가 대답했다.

그대들은 죽음의 비밀을 알고 싶어 한다.

하지만 삶의 한가운데에서 죽음을 찾지 않는다면 어떻게 그 비밀을 찾는단 말인가.

야행성 눈을 가진 올빼미는 낮에는 눈이 멀어 빛의 신비를 밝힐 수 없다.

그대 진정으로 죽음의 정령을 보고 싶다면 삶의 본질을 향하여 마음을 활짝 열어라.

강과 바다가 하나이듯이 삶과 죽음도 하나이기 때문이다.

그대의 희망과 욕망 깊은 곳에는 저 너머 세계에 대한 무언의 깨달음이 놓여 있다.

마치 눈雪 속에서 꿈꾸는 씨앗처럼 그대 가슴도 봄을 꿈꾼다.

꿈을 믿으라. 그 속에 영원으로 통하는 문이 숨겨져 있으니.

죽음의 두려움은 영광스러운 왕의 손길이 닿기를 기다리며

왕 앞에 선 양치기의 떨림과 같다.

왕의 은총을 입게 되었으니 어찌 기쁨으로 떨지 않겠는가.

그렇기에 그는 진정되지 않는 마음이 신경 쓰일 것이다.

죽는다는 것은 무엇인가.

벌거벗은 채 바람을 맞으며 태양 속으로 녹아들어 가는 것이

아니고 무엇이겠는가.

그리고 숨이 멈춘다는 것은 무엇인가.

숨결이 끊임없는 흐름에서 벗어나 아무런 방해도 받지 않고

상승하고 팽창하여 신을 향해 나아가는 것일 뿐.

그대 침묵의 강물을 마실 때 진정으로 노래하게 될 것이고,

산꼭대기에 다다른 뒤에야 비로소 오르게 될 것이며, 대지가

그대들의 팔다리를 요구할 때, 그제야 진실로 춤추게 될 것

이다.

작별

이윽고 저녁이 되었다.

그러자 예언자 알미트라가 말했다.

"이 시간, 이 자리 그리고 지금껏 말씀해 주신 그대의 영혼에 도 축복이 내리시기를."

이에 그가 대답했다.

"말한 사람이 나였던가? 나 또한 듣는 자가 아니었던가?"

그렇게 말하면서 그가 사원의 계단을 내려오자 모든 사람들 이 그를 따랐다. 배에 당도한 그는 갑판 위로 올라섰다.

그러고는 사람들을 향하여 큰 소리로 말했다.

오르펠리즈 시민들이여, 순풍이 부니 떠나야겠다.

나는 바람만큼 서두르지는 않겠지만 이제는 가야 한다.

언제나 더 고독한 길을 찾는 우리 방랑자들은 하루를 마감한 곳에서 새날을 시작하지는 않는다.

어떤 새벽도 황혼녘에 우리와 작별했던 자리에서 우리를 맞이하지 않는다.

심지어 대지가 잠들어 있는 동안에도 우리는 계속 길을 걷는다.

우리는 생명력 강한 식물의 씨앗이니, 마음이 잘 여물어 속속들이 꽉 찼을 때에야 비로소 바람에 몸을 맡겨 흩어진다.

내 그대들과 함께 했던 나날은 짧았고, 내가 했던 말은 더더욱 짧았다.

이제 내 목소리가 그대들 귓가에서 사라지고, 내 사랑이 그대들 기억에서 희미해질 무렵 또다시 찾아올 것이다.

그때는 더욱 풍요로운 가슴으로, 영혼에 더욱 순종하는 입술로 말하리라.

그렇다.

나는 조수를 따라 다시 돌아오리라.

비록 죽음이 나를 숨기고 더 큰 침묵이 나를 감싸 안더라도 나는 그대들의 깨달음을 구하러 올 것이다.

허나 나는 결코 헛된 것을 구하지는 않을 것이다.

내가 말한 것이 진리라면 그 진리는 더욱 또렷한 목소리로, 그리고 그대들의 생각에 더욱 가까운 언어로 스스로를 드러낼 것이다.

오르팰리즈 시민들이여,

나는 바람과 함께 가지만 텅 빈 허공으로 떨어지는 것은 아니다.

그러므로 만일 오늘 그대들의 갈망을 채우지 못할 만큼 내 사랑이 부족했다면, 다음날을 기약하자.

인간의 욕망은 쉼없이 변하지만 사랑은 변하지 않는 법, 사랑이 충족시켜야 할 인간의 갈망 또한 변하지 않는 법.

그러니 잊지 말라.

보다 큰 침묵으로 내 돌아오리니.

들판에 이슬을 남겨놓으며 새벽을 떠도는 안개도 허공으로 올라가 구름이 되고, 구름은 모여 비가 되어 내린다.

나 또한 안개와 다르지 않다.

밤의 고요 속에 나는 그대들의 거리를 거닐었고, 내 영혼은 그대들의 집을 방문했다.

그대들의 심장은 내 심장 속에서 뛰었고, 그대들의 숨결은 내 얼굴에 와 닿아 나는 그대들 모두를 알았다.

그렇다, 나는 그대들의 기쁨과 고통을 알고 있다. 그대들이 잠결에 꾸는 꿈은 곧 나의 꿈이었다.

때때로 나는 산중의 호수처럼 그대들 가운데 있었다.

나는 그대들 속에서 산봉우리와 구불구불한 비탈길을 비추었고, 심지어 스쳐가는 그대들의 생각과 욕망까지도 비추었다.

고요한 가운데 아이들의 웃음소리는 시냇물처럼 밀려오고, 젊은이들의 갈망은 강물처럼 밀려왔다.

그리하여 내 심연에 이르렀을 때에도 시냇물과 강물은 노래하기를 멈추지 않았다.

웃음소리보다 감미롭고, 갈망보다 더 위대한 것이 내게로 왔다.

그것이 그대들 안의 무한이다.

그 무한의 존재 속에서 그대들은 단지 세포와 힘줄에 불과하며, 그분의 노래 속에서 그대의 모든 노래는 소리 없는 맥박에 지나지 않는다.

무한한 그분의 존재 안에서 그대 역시 무한하다.

나는 그분을 바라보면서 그대를 보았고, 또 사랑했다.

저 머나먼, 저 광활한 세계 안에 사랑이 닿을 수 없는 곳이 어디 있겠는가.

어떤 환상, 어떤 기대, 어떤 추측이 사랑만큼 높이 솟아오를 수 있겠는가.

사과 꽃으로 덮인 거대한 떡갈나무처럼 그분의 무한함은 바로 그대들 속에 있다.

그분의 힘은 그대들을 대지에 묶고, 그분의 향기는 그대들을 하늘로 오르게 한다.

그대들은 그분의 영원 속에서 결코 죽지 않는다.

그대들은 들었을 것이다.

자신의 존재가 쇠사슬의 가장 약한 고리처럼 연약하다는 것을.

그러나 이 말을 절대적 진리라고 믿지 말라. 그대는 쇠사슬의 가장 강한 고리이기도 하기 때문이다.

그대가 행하는 사소한 행위로 그대를 평가한다는 것은 덧없는 물거품을 보고 바다의 힘을 가늠하는 것과 같다.

또 실패한 일로 그대를 평가하는 것은 변화하는 계절을 비난하는 것과 같다.

그렇다.

그대들은 바다와 같다.

비록 무겁게 짐을 실은 배들이 해안가에서 조수를 기다리고 있을지라도, 그대들이 그대들의 조수를 서두를 수는 없다.

그대들은 계절과 같다.

그대들이 한겨울에 봄이 오는 걸 거부하더라도, 그대 안에서 휴식을 취하는 봄은 나른하게 미소 짓되 화내지는 않는다.

그러나 내 말이 '그분은 우리를 매우 칭찬해 주시며 우리의 좋은 면만 보신다'라는 의미는 아니다.

나는 다만 그대들 자신이 이미 생각하고 있는 것을 말로 전한 것일 뿐.

사실 말로 표현한 깨달음이란 말없는 깨달음의 그림자에 지나지 않는다.

그대들의 생각과 나의 말은 봉인된 기억에서 물결치는 파도, 거기에는 우리의 지난날이 기록되어 있다.

대지가 혼돈으로 혼란스러웠던 시절의 밤의 기억들까지.

지혜로운 자들은 그대에게 지혜를 나눠 주기 위해 온다. 허나 나는 그대들의 지혜를 빼앗기 위해 왔다.

그러나 보라. 나는 지혜보다 더 위대한 것을 발견했다.

그것은 그대들 안에서 서서히 모여 불타오르는 영혼의 불꽃이다.

그런데도 그대들은 타오르는 영혼의 불꽃에는 무관심하고 남은 날들이 시들어 가는 것을 슬퍼한다.

이는 무덤을 두려워하는 육신 속에서만 삶을 추구하기에 그렇다.

그러나 여기 무덤은 없다.

이곳의 산과 들판은 요람이며 초석이다. 그대의 조상들이 누워 잠든 들판을 지날 때 잘 살펴보라. 그러면 그대 자신과 그대 아이들이 함께 손잡고 춤추는 것을 볼 것이다.

그렇다. 그대들은 이따금 무심코 기뻐한다.

다른 이들이 그대들에게 왔으나 그대들의 신념을 이룬 황금 같은 약속을 위해 그대들은 다만 부와 권력과 영광만을 바쳤다.

내가 그대들에게 한 약속은 보잘것없었으나, 그대들은 내게 관대했다.

그대들은 나에게 생명에 대한 깊은 갈망을 주었다.

그렇다, 인간에게 이보다 더 큰 선물은 없다. 모든 목적을 타오르는 입술로 바꾸고, 전 생애를 솟구치는 샘물로 바꾸는 것보다 더 큰 선물은.

그리고 여기에 나의 영예가 있고 나의 보상이 있으니,

나는 물을 마시러 샘터에 갈 때마다 알게 된다. 샘물 스스로도 목말라 한다는 것을.

또한 나는 물을 마시는 동안 샘물 역시 나를 마시고 있음을 안다.

그대들 중 누군가는 내가 자존심이 강하고 수줍음이 많아 선물을 받지 않을 거라고 생각하고 있다.

그렇다, 나는 보수를 받기에는 자존심이 너무 강하지만 선물은 예외다.

비록 그대들의 식탁에 나를 초대했을 때 나는 산속에서 딸기를 먹었고, 또 그대들이 내게 잠자리를 제공했을 때 사원의 문간에서 잠을 청했지만,

밤낮으로 나를 염려해준 그대들 덕분에 먹는 음식은 달콤했고, 잠자리는 편안했다.

이 모든 것에 대해 나는 그대들에게 무한한 축복을 보낸다.

그대들은 많은 것을 베풀면서도 베푼 것에 대해서는 전혀 모르고 있다.

진실로 거울을 응시하며 베푸는 친절은 무익하기 그지없고, 스스로를 찬양하기 위한 선행은 재앙의 어머니가 될 뿐이다.

그대 가운데 누군가는 내가 깊디깊은 고독의 심연에 머무느라 너무 멀리 떨어져 있다고 말한다.

또 다른 누군가는 이렇게 말한다.

"그는 숲의 나무들과는 대화를 나누지만 사람들과는 거리를 두고 있어. 그는 산꼭대기에 홀로 앉아 우리의 도시를 내려다볼 뿐이지."

그것은 사실이다. 내가 산 위를 오르거나 머나먼 곳으로 떠났

던 것은 사실이다.

그처럼 높은 곳이나 머나먼 곳에 있지 않았다면 내 어찌 그대들을 볼 수 있었겠는가.

내 머나먼 곳에 떨어져 있지 않고서야 어떻게 진실로 가까워질 수 있었겠는가.

그리고 그대들 중 누군가는 말없이 나를 찾아와 말했다.

"이방인이여, 이방인이여, 닿을 수 없는 높은 곳을 사랑하는 이여,

어찌하여 그대는 독수리가 둥지를 트는 산꼭대기에서 머무르는 건가요.

어찌하여 불가능한 것을 구하려 하는 건가요.

그물로 폭풍이라도 잡으려는 건가요.

하늘에서 환상의 새라도 잡으려는 건가요.

와서 우리와 하나가 되세요.

내려와서 우리의 빵으로 그대의 배고픔을 달래고, 우리의 포도주로 그대의 갈증을 푸소서."

그대들 영혼은 고독을 느끼며 말했다.

하지만 그대들의 고독이 좀 더 깊었더라면, 내 오직 그대들의 기쁨과 고통의 비밀을 찾고 있었다는 것을 알았으리라.

그리고 허공을 거니는 그대들의 더 큰 자아를 찾고 있었다는

것도 알았으리라.

그러나 사냥꾼 역시 사냥당하는 자다. 왜냐하면 내가 쏜 수많은 화살들은 결국 나 자신의 가슴을 찾아오게 마련이니.

그리고 하늘을 나는 자는 동시에 땅을 기는 자다. 내 날개가 태양 아래 펼쳐졌을 때, 대지 위에 비친 그림자는 거북이었기에.

그리고 나는 믿지만 또한 의심도 한다. 나는 종종 나 자신의 상처에 손가락을 대보곤 한다.

그대들에 대한 믿음을 더 깊게 하고, 그대들을 더 잘 알기 위해.

이렇게 나는 믿음과 깨달음을 통해 말하려 한다.

그대들은 육신 속에 갇힌 존재도 아니며, 집이며 들판에 갇힌 존재도 아니라는 것을.

진실로 그대들은 산 위에 머물며, 바람과 함께 거닌다.

그것은 온기를 찾아 햇볕 속으로 기어들지도, 안전을 찾아 어둠 속에 구멍을 파고 들어가지도 않는다.

그것은 더없이 자유로운 존재, 예컨대 대지를 감싸며 대기 속에서 움직이는 영혼이다.

비록 이런 말이 모호하게 들린다 할지라도, 애써 명확히 하려 들지 말라.

모든 만물의 시작은 막연하고 모호하지만 그 끝은 그렇지 않다.

부디 바라건대 그대들이 나를 시작으로 기억해주기를 바란다.

인생, 그리고 모든 살아 있는 것들은 이미 만들어진 결정체가 아니라 안개 속에서 만들어지는 것.

허나 누가 알겠는가. 결정체가 부서진 것이 안개인 것을.

그대들이 나를 기억할 때 잊지 말아야 할 것이 있다.

그대 안에서 가장 연약하고 쉽게 흔들리는 것이 가장 강하고 가장 견고한 것임을.

그대들의 뼈대를 꼿꼿이 세워 강하게 하는 것은 그대들 숨이 아니었던가.

또 그대들의 도시를 건설하고, 거기에서 일체를 이룬 것은 그대들 중 누구도 기억하지 못하는 꿈이 아니었던가.

그대 만약 그 숨의 흐름을 볼 수 있다면 다른 어떤 것도 보지 않을 것이다.

또한 그대들이 꿈의 속삭임을 들을 수 있다면 다른 어떤 것도 듣지 않을 것이다.

하지만 그대는 보지도 않고 듣지도 않는다.

그것은 당연한 일이다. 그대들의 눈을 가린 베일은 그것을 직조한 이들에 의해 걷혀질 것이며, 그대들의 귀를 막고 있는 점토도 그것을 반죽한 이들의 손가락에 의해서 뚫릴 것이기에.
그러면 그대 보게 되리라.

그러나 그대는 자신이 눈멀었다는 것을 알게 되더라도 한탄하지 않을 것이며, 귀먹었다는 것을 알게 되더라도 후회하지 않을 것이다. 왜냐하면 바로 그날, 그대들은 만물의 숨은 의도를 알게 되어 빛을 축복하듯이 어둠도 축복할 것이기에.

이렇게 말한 뒤 그는 주위를 둘러보았다.
그가 탈 배의 선장이 방향키 옆에 서서 바람 가득 품은 돛을 보았다가 다시 먼 바다를 응시하는 모습이 눈에 들어왔다.

그가 말했다.
내 배의 선장은 참으로 강한 인내심의 소유자다.
바람이 불고 돛이 펄럭인다.
방향키는 명령을 기다리지만 나의 선장은 말없이 내가 침묵하기만을 기다린다.
이들 선원들, 오래도록 바다의 크나큰 합창 소리를 들어온 선원들은 끈기 있게 내 말을 경청해 주었다.

이제 이들은 더 이상 나를 기다리지 않을 것이다.

나는 이제 떠날 준비가 되었다.

강은 바다에 이르렀으니, 다시 한 번 위대한 어머니는 아들을 가슴에 안을 것이다.

오르펠리즈 시민들이여, 잘 지내시오.

날은 끝났다.

마치 수련이 내일을 위해 자신을 닫듯이 하루가 우리에게서 사라졌다.

이곳에서 우리가 얻은 것을 우리는 간직할 것이다

그것이 만족스럽지 않다면 우리는 다시 모여 베푸는 자를 향해 손을 내밀어야 할 것이다.

잊지 말라.

내가 다시 돌아올 것이라는 것을.

머지않아 나의 갈망은 먼지와 물방울들을 모아 또 다른 육신이 될 것이며,

머지않아, 바람 위에서 한순간의 휴식이 끝나면 또 다른 여인이 나를 낳을 것이다.

그대들, 그리고 그대들과 함께 했던 내 젊은 날에 작별을 고한다.

우리가 꿈속에서 만났던 것은 바로 어제의 일.

내가 고독 속에 있을 때 그대들은 노래 불러 주었고, 나는 갈망하는 그대들을 위해 하늘에 탑 하나를 세웠다.

그러나 이제 우리의 잠은 달아나고 우리의 꿈도 끝이 났다.

이제 더 이상 새벽은 아니다.

한낮이 우리에게 다가왔고, 몽롱한 졸음도 완전히 달아났다.

우리는 헤어져야 한다.

만약 우리가 어스름한 기억에서 다시 한 번 만난다면, 우리는 또다시 대화를 나누고, 그대들은 나에게 더욱 뜻 깊은 노래를 불러줄 것이다.

그리하여 우리가 또다시 꿈속에서 만난다면 우리는 하늘에 또 하나의 탑을 세울 것이다.

이렇게 말하면서 그가 뱃사람들에게 무언의 신호를 보냈다.

그들은 즉시 닻을 올리고 정박했던 배를 풀어 동쪽으로 나아갔다.

그러자 모두가 한 목소리로 일제히 울음을 터뜨렸다. 그 소리는 황혼 속으로 떠올라 마치 거대한 트럼펫 소리처럼 바다 위로 울려 퍼졌다.

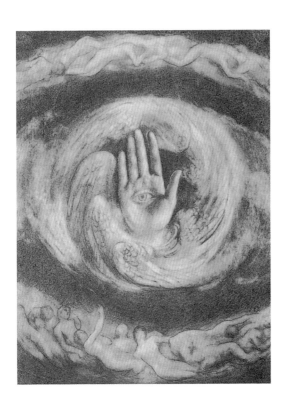

오직 알미트라만이 배가 안개 속으로 사라질 때까지 말없이
응시하고 있었다.
그리고 모든 사람들이 흩어진 뒤에도 그녀는 방파제 위에 홀
로 서서 가만히 그가 했던 말을 되새기고 있었다.

"머지않아, 바람 위에서 한순간의 휴식이 끝나면 또 다른 여인
이 나를 낳을 것이다."

칼릴 지브란의 생애와
예언자에 대하여

칼릴 지브란의 생애

칼릴 지브란은 1883년 3월 레바논의 브샤레Bechare에서 태어났다. 그가 어린 시절을 보냈던 고향 브샤레는 쪽빛 바다가 넘실거리는 해변에서 가까운 곳으로, 삼나무 숲이 장관을 이루는 마을이었다.

혼자 지내기를 좋아했던 그는 삼나무 숲을 거닐며 자신이 본 자연 풍광을 그림으로 옮기곤 했다. 그곳의 장엄한 경치와 그만의 비밀스럽고 성스러운 고향 땅은 그곳을 떠난 후에도 평생 그리움의 대상으로 남았고, 고뇌에 찬 그의 삶을 지탱해주는 힘이 되었다.

그러나 아름다운 자연환경에서 자랐던 그의 앞에 펼쳐진

삶은 지독하게 험난했다. 조국 레바논은 1869년 수에즈 운하가 개통되면서 주요 생존 수단이던 대상Caravan을 통한 동서 교역에서 큰 타격을 받게 되었다. 게다가 14세기부터 350년 동안 터키의 지배를 받았던 레바논은 국민 대부분이 우파 기독교와 좌파 모슬렘으로 파벌이 나뉘어 끊임없이 싸움을 벌였다.

마론파 가톨릭 성직자의 딸인 그의 어머니는 서른 살에 지브란을 낳았다. 아버지 칼릴은 그의 어머니에게는 세 번째 남편이었다. 어린 시절 가난했기 때문에 지브란은 어떠한 정규 교육도 받을 수 없었다. 그러나 성직자들이 정기적으로 그의 집을 찾아와 아랍어와 시리아 언어로 기록된 성서를 가르쳐 주었다.

지브란이 어린 시절 받았던 종교적 인상은 그의 전 생애를 지배할 정도로 강렬했다. 그의 혈통 속에는 레바논의 오랜 종교적 전통, 피압박 민족의 눈물, 그리고 사제의 삶과 교양이 함께 녹아 있다.

지브란의 아버지는 술주정뱅이에 그리 믿음직하지 못한 인물이었다고 한다. 게다가 그는 아들의 예술적 재능을 인정해 주지 않았다.

그가 열두 살 때 사업상의 문제로 아버지만 고향에 남고

칼릴 지브란의 뉴욕 작업실(1931년)_ 뉴욕에서 사는 10년 동안 아랍어를 사용하는 세계에서 그의 명성이 높아졌고, 마침내 북미와 남미, 그리고 중동에까지 그의 이름이 알려지게 되었다.

나머지 가족은 어머니와 함께 미국 보스턴의 사우스엔드로 가서 정착했다. 예술에 대한 이해와 사랑이 남달랐던 어머니의 품성은 지브란으로 하여금 음악과 미술에 대한 지대한 관심을 불러일으키게 했다.

그러나 그가 보스턴에서 보낸 2년간의 미국 생활은 그다지 행복하지 못했다. 부지런한 그의 어머니가 행상과 바느질로 눈코 뜰 새 없이 일했지만 그의 가족은 경제적 궁핍에서 벗어나지 못했기 때문이다. 당시 그는 가난과 아랍 인종에 대한 차별, 이민자들에 대한 불이익 등으로 자존심에 큰 상처를 입었다.

형제들 중 유일하게 교육을 받은 그는 특히 미술 분야에서 남다른 재능을 보였다. 이때 지브란의 재능을 알아본 미술 선생의 소개로 아방가르드 예술가인 유명 사진작가 프레드 홀랜드 데이를 만나게 되었다. 그는 지브란을 퍼시 셸리, 존 키츠, 윌리엄 블레이크, 랄프 왈도 에머슨, 월트 휘트먼, 모리스 메테를링크 등 유명 작가의 작품 세계로 이끌었다. 그의 영향으로 예술 세계에 들어서게 된 지브란은 조금씩 보스턴의 엘리트층에 알려지기 시작했다. 이때 그의 인상적인 외모와 예술적이고 섬세한 직관력, 겸손한 태도 등은 많은 사람들의 사랑을 받기에 충분했다.

가족들도 예술가로서 성공하고 싶어 하는 그의 뜻을 이해했기 때문에 적극적인 지원을 아끼지 않았다. 아들이 커가는 모습을 곁에서 지켜보던 어머니는 지브란이 서양 문학을 공부하는 것도 좋지만 조국 레바논의 문학에 대해 알기를 원했으므로 레바논인으로서의 자부심을 일깨워주었다. 결국 지브란은 레바논행을 결행한다.

마침내 1898년 8월, 레바논으로 돌아온 그는 세계 최고의 그리스도교 고등 교육 기관인 알 히크마 대학에서 5년 간 아랍

고대 문학에서부터 서양 낭만주의 문학에 이르기까지 동서양의 문학을 두루 섭렵하게 되었다. 그리고 졸업 후에는 아버지를 따라 유럽 각지를 여행하며 그림을 그렸다. 이 시기부터 지브란은 평생의 역작인 『예언자』를 구상하기 시작했다.

1902년 보스턴으로 돌아온 그는 열정적으로 그림 작업에 몰두했다. 그리고 피나는 노력 끝에 1904년 4월부터 한 달간 그림 전시회를 열어 많은 비평과 찬사를 받았다.

이 전시회에서 지브란은 그의 삶에 중요한 전환점을 가져다준 메리 엘리자베스 해스켈을 만나게 된다. 보스턴의 해스켈 여학교 교장이었던 메리 헤스켈은 1925년 사촌과 결혼할 때까지 지브란의 재정적 후원자이자 영어 작업의 편집자로서 많은 도움을 주었다.

지브란은 1908년, 메리 해스켈의 도움으로 파리로 유학을 떠나게 되었다. 예술을 사랑하는 풍토가 다져진 파리에서 그는 예술에 대한 의욕을 다시 불태웠고, 작품 활동도 꾸준히 해 콩쿠르에서 입상하기도 했다. 그리고 이 시기에 레바논과 프랑스의 시인들, 영국과 미국의 화가들과도 친분을 쌓게 되었다.

특히 니체의 『차라투스트라는 이렇게 말했다』는 지브란에게 큰 충격을 안겨준 책이다. 초인을 지향하며 전통적인 도덕

릴라 캐럿 페리가 그린 칼릴 지브란의 초상(1898~1899년)_
페리는 1848년 보스턴에서 출생한 여류 인상주의 화가
이다. 지브란의 명상적이고 신비한 얼굴은 당시 보스턴
에 거주하던 예술가들을 단번에 매혹시켰다. 그의 예술
적인 섬세함, 겸손한 태도 등은 사람들의 사랑을 받기에
충분했다.

에 저항할 것을 설파한 이 책은 그로 하여금 니체의 사상에 완전히 빠져들게 만들었다. 게다가 이 시기에 지브란은 당대 최고의 조각가인 로댕을 만나는데, 그는 지브란을 윌리엄 블레이크의 세계로 안내했다. 영국의 예언자적 화가이며 시인인 블레이크라는 존재를 알게 된 것은 지브란에게 일대 사건이었다. 예언자적 눈, 순수한 직관, 존재의 합일을 주장한 블레이크는 지브란이 어떤 사람인지에 대해 명확히 일깨워 주었다.

그곳에서 3년간 미술 공부를 한 뒤 미국으로 돌아온 그는 1923년 10월 드디어 『예언자』를 출간하였다. 이 책은 지브란 최고의 걸작으로, 출간 당시부터 수많은 찬사와 격려가 쏟아지면서 40개국 이상의 언어로 번역되었다.

예언자는 어떤 책인가?

칼릴 지브란은 『예언자』를 집필하면서 문학적 표현 수단으로 영어와 아랍어를 동시에 사용했는데, 『예언자』는 영어로 쓴 작품 가운데 최고로 평가받고 있다.

『예언자』의 가장 두드러진 특징은 성서의 언어를 사용했다는 점이다. 심오한 가르침을 전달하는 이상적인 매개체로 성서의 언어가 가장 어울린다고 보았기 때문이다. 이 작품에는

자화상(1910년)_ 지브란이 남긴 말들은 후대를 살아가는 우리에게 크나큰 선물이다. 또한 이는 그의 입술을 통해 흘러나온 절대자의 지혜이기도 하다.

인생의 중요한 문제들에 대한 단순하면서도 신선한 접근 방식이 신비로운 비전과 아름다운 운율을 통해 드러나고 있다. 그는 인간을 가장 인간답게 사랑하고 이해함으로써 그 속에서 인간의 가장 근원적이면서도 가장 일상적인 문제를 풀고자 했던 것이다. 우리가 『예언자』를 읽고 감동하는 이유도 그때문이다.

작품 속의 예언자 알무스타파는 인생의 진리를 깨달은 사람이다. 어느 날 그는 자신이 사는 도시 오르팰리즈를 떠나려고 결심한다. 마을 사람들은 현자를 잃지 않으려 막아서지만, 여자 예언자의 생각은 다르다. '머무른다는 것은 굳어버려서

틀 속에 갇히는 것'임을 아는 까닭이다. 그녀는 그에게 매달리는 대신 가르침을 청한다. '태어남과 죽음 사이의 모든 것'에 대해서.

알무스타파는 사랑, 결혼, 아이, 일, 슬픔, 고통 등 스물여섯 가지 주제에 대해 그의 지혜를 전해준다. 깊은 울림이 있는 예언자의 말 속에는 지브란의 심오한 사색이 담겨 있다. 그는 인간세계의 영원한 삶의 테마인 '사랑'에 대해 다음과 같이 말한다.

사랑은 자기 외에 아무것도 주지 않으며, 자기 외에 아무것도 취하지 않는다.
사랑은 소유하지도 소유당하지도 않는다.
사랑은 사랑 그 자체로 족하기에.

그리고 아이를 자기의 소유물로 생각하는 부모들에게 전하는 그의 처방전은 다른 어떤 답변보다 큰 울림을 준다.

아이들에게 사랑을 줄 수는 있지만 그대의 생각을 줄 수는 없다.
아이들에게는 그들 나름의 생각이 있기 때문이다.
아이들에게 육신을 위한 집은 줄 수 있으나 영혼을 위한 집을

예수의 얼굴(1928년)_ 지브란에게는 어떤 의미에서든 구도자라는 말이 어울린다. 마치 옛 시대의 성현처럼 그는 진리를 향해 아랍과 유럽 그리고 미국을 헤맸던 것이다.

줄 수는 없다.

아이들의 영혼은 그대가 방문할 수 없는, 심지어 꿈속에서조차 볼 수 없는 내일의 집에 살고 있기 때문이다.

그리고 우리가 일상에서 가장 흔하게 맞닥뜨리는 '일에 임하는 자세'에 대한 그의 답변은 기독교 사상과 19세기 유럽의 공리주의 철학에서 중요하게 여기는 노동의 신성함, 즉 인간의 진정한 행복은 노동을 통해서 얻어진다는 것을 잘 대변해 주고 있다.

허나 그대들에게 단언하노니, 일한다는 것은 그대들이 대지의 가장 깊은 꿈의 일부를 실현하는 것이다.

그 꿈은 그대들이 태어나면서 주어진 몫이다. 그대들은 일을 함으로써 진정으로 삶을 사랑하게 된다.

일을 통해 삶을 사랑하는 것만이 삶의 내면 깊숙이 숨겨진 비밀에 다가가는 것이다.

인간은 스스로 만든 멍에를 지고 있으며, 또한 스스로 만든 감옥에서 허우적거리고 있다. 즉 태양을 등지고 있는 자는 자신의 그림자를 법으로 알고 쫓고 있으며, 태양을 쫓는 자는 바닷가에서 놀고 있는 순진무구한 어린이와 같다. 그리하여 알무스타파는 법과 정의에 대해 "인간이 만든 쇠사슬에 걸려 비틀거리지 않고 춤출 수 있다면, 어떤 법이 그대를 두렵게 할 수 있겠는가"라고 답한다.

이성과 열정에 대해서 그는 "이성은 홀로 다스리면 억압하는 힘이 되며, 열정은 주의를 기울이지 않으면 스스로를 파괴하는 불꽃"이기 때문에 이성과 열정은 같은 수준에서 서로 조화를 이루어야 하며, 이 둘은 "집에 초대된 귀한 손님처럼 대하라"고 조언한다.

『예언자』는 산문시이다. 급하게 단숨에 읽어서는 이해하기

힘들다. 비록 짧은 분량으로 되어 있지만 예수와 석가의 가르침을 동시에 전달해 주고 있다. 여유로운 마음과 간절한 열망으로 다가간다면 '예언자'의 진정한 의미를 깨닫고 그 가치를 느낄 수 있을 것이다.

이 책에는 예언자 알무스타파의 얼굴을 비롯해 지브란이 직접 그린 그림이 삽화로 사용되었다. 독자는 지브란 예술의 최고봉이 된 이 책을 통해서 그가 문학적 재능뿐만 아니라 그림에도 조예가 깊다는 사실을 알 수 있을 것이다. 지브란은 "그림은 자연에서 출발해 신에게 나아가는 과정이며, 안개의 형상으로 조각돼 가는 과정이다"라며 그림을 통해 자연의 상징성을 밝히려고 노력했다.

『예언자』가 발표되자 아일랜드의 작가인 조지 러셀은 "타고르의『기탄잘리』이래 동양에서 이렇게 아름다운 목소리가 나온 적이 없다"고 극찬했다.

『예언자』는 차고 넘치는 뉴스가 버거워진 순간, 부질없는 다툼의 바다를 정처 없이 떠돌고 있는 당신이 무언가 의미 있는 것을 찾고 싶을 때 집어 들고 싶은 그런 책이다.

The Prophet

| Contents |

The Coming of the Ship

Almustafa, the chosen and the beloved, who was a dawn unto his own day, had waited twelve years in the city of Orphalese for his ship that was tao return and bear him back to the isle of his birth.

And in the twelfth year, on the seventh day of Ielool, the month of reaping, he climbed the hill without the city walls and looked seaward; and he beheld his ship coming with the mist.

Then the gates of his heart were flung open, and his joy flew far over the sea. And he closed his eyes and prayed in the silences of his soul.

But as he descended the hill, a sadness came upon him, and he thought in his heart:

How shall I go in peace and without sorrow?

Nay, not without a wound in the spirit shall I leave this city.

Long were the days of pain I have spent within its walls, and long were the nights of aloneness; and who can depart from his pain and his aloneness without regret?

Too many fragments of the spirit have I scattered in these streets, and too many are the children of my longing that walk naked among these hills, and I cannot withdraw from them without a burden and an ache.

It is not a garment I cast off this day, but a skin that I tear with my own hands.

Nor is it a thought I leave behind me, but a heart made sweet with hunger and with thirst.

Yet I cannot tarry longer.

The sea that calls all things unto her calls me, and I must embark.

For to stay, though the hours burn in the night, is to freeze and crystallize and be bound in a mould.

Fain would I take with me all that is here. But how shall I?

A voice cannot carry the tongue and the lips that gave it

wings.

Alone must it seek the ether.

And alone and without his nest shall the eagle fly across the sun.

Now when he reached the foot of the hill, he turned again towards the sea, and he saw his ship approaching the harbour, and upon her prow the mariners, the men of his own land.

And his soul cried out to them, and he said:

Sons of my ancient mother, you riders of the tides, How often have you sailed in my dreams.

And now you come in my awakening, which is my deeper dream.

Ready am I to go, and my eagerness with sails full set awaits the wind.

Only another breath will I breathe in this still air, only another loving look cast backward, And then I shall stand among you, a seafarer among seafarers.

And you, vast sea, sleepless mother,

Who alone are peace and freedom to the river and the stream, Only another winding will this stream make, only another murmur in this glade, And then I shall come to you, a boundless drop to a boundless ocean.

And as he walked he saw from afar men and women leaving their fields and their vineyards and hastening towards the city gates.

And he heard their voices calling his name, and shouting from field to field telling one another of the coming of his ship.

And he said to himself:

Shall the day of parting be the day of gathering?

And shall it be said that my eve was in truth my dawn?

And what shall I give unto him who has left his slough in midfurrow, or to him who has stopped the wheel of his winepress?

Shall my heart become a tree heavy-laden with fruit that I may gather and give unto them?

And shall my desires flow like a fountain that I may fill their cups?

Am I a harp that the hand of the mighty may touch me, or a flute that his breath may pass through me?

A seeker of silences am I, and what treasure have I found in silences that I may dispense with confidence?

If this is my day of harvest, in what fields have I sowed the seed, and in what unremembered seasons?

If this indeed be the hour in which I lift up my lantern, it is not my flame that shall burn therein.

Empty and dark shall I raise my lantern, And the guardian of the night shall fill it with oil and he shall light it also.

These things he said in words.

But much in his heart remained unsaid.

For he himself could not speak his deeper secret.

And when he entered into the city all the people came to meet him, and they were crying out to him as with one voice.

And the elders of the city stood forth and said:

Go not yet away from us.

A noontide have you been in our twilight, and your youth has given us dreams to dream.

No stranger are you among us, nor a guest, but our son and our dearly beloved.

Suffer not yet our eyes to hunger for your face.

And the priests and the priestesses said unto him:

Let not the waves of the sea separate us now, and the years you have spent in our midst become a memory.

You have walked among us a spirit, and your shadow has been a light upon our faces.

Much have we loved you.

But speechless was our love, and with veils has it been veiled.

Yet now it cries aloud unto you, and would stand revealed before you.

And ever has it been that love knows not its own depth until the hour of separation.

And others came also and entreated him.

But he answered them not.

He only bent his head; and those who stood near saw his

tears falling upon his breast.

And he and the people proceeded towards the great square before the temple.

And there came out of the sanctuary a woman whose name was Almitra.

And she was a seeress.

And he looked upon her with exceeding tenderness, for it was she who had first sought and believed in him when he had been but a day in their city.

And she hailed him, saying:

Prophet of God, in quest of the uttermost, long have you searched the distances for your ship.

And now your ship has come, and you must needs go.

Deep is your longing for the land of your memories and the dwelling-place of your greater desires; and our love would not bind you nor our needs hold you.

Yet this we ask ere you leave us, that you speak to us and give us of your truth. And we will give it unto our children, and they unto their children, and it shall not perish.

In your aloneness you have watched with our days, and in your wakefulness you have listened to the weeping and the laughter of our sleep.

Now therefore disclose us to ourselves, and tell us all that has been shown you of that which is between birth and death.

And he answered:

People of Orphalese, of what can I speak save of that which is even now moving within your souls?

On Love

Then said Almitra, "Speak to us of Love."

And he raised his head and looked upon the people, and there fell a stillness upon them.

And with a great voice he said:

When love beckons to you, follow him, Though his ways are hard and steep.

And when his wings enfold you yield to him, Though the sword hidden among his pinions may wound you.

And when he speaks to you believe in him, Though his voice may shatter your dreams as the north wind lays waste the garden.

For even as love crowns you so shall he crucify you.

Even as he is for your growth so is he for your pruning.

Even as he ascends to your height and caresses your tenderest branches that quiver in the sun, So shall he descend to your roots and shake them in their clinging to the earth.

Like sheaves of corn he gathers you unto himself.

He threshes you to make you naked.

He sifts you to free you from your husks.

He grinds you to whiteness.

He kneads you until you are pliant;

And then he assigns you to his sacred fire, that you may become sacred bread for God's sacred feast.

All these things shall love do unto you that you may know the secrets of your heart, and in that knowledge become a fragment of Life's heart.

But if in your fear you would seek only love's peace and love's pleasure, Then it is better for you that you cover your nakedness and pass out of love's threshing-floor, Into the seasonless world where you shall laugh, but not all of your laughter, and weep, but not all of your tears.

Love gives naught but itself and takes naught but from itself.

Love possesses not nor would it be possessed;

For love is sufficient unto love.

When you love you should not say, "God is in my heart,"

but rather, "I am in the heart of God."

And think not you can direct the course of love, for love, if it

finds you worthy, directs your course.

Love has no other desire but to fulfill itself.

But if you love and must needs have desires, let these be your

desires:

To melt and be like a running brook that sings its melody to

the night.

To know the pain of too much tenderness.

To be wounded by your own understanding of love;

And to bleed willingly and joyfully.

To wake at dawn with a winged heart and give thanks for

another day of loving;

To rest at the noon hour and meditate love's ecstasy;

To return home at eventide with gratitude;

And then to sleep with a prayer for the beloved in your heart

and a song of praise upon your lips.

On Marriage

Then Almitra spoke again and said,

"And what of Marriage, master?"

And he answered saying:

You were born together, and together you shall be
forevermore.

You shall be together when the white wings of death scatter
your days.

Aye, you shall be together even in the silent memory of God.

But let there be spaces in your togetherness.

And let the winds of the heavens dance between you.

Love one another, but make not a bond of love:

Let it rather be a moving sea between the shores of your
souls.

Fill each other's cup but drink not from one cup.

Give one another of your bread but eat not from the same loaf.

Sing and dance together and be joyous, but let each one of you be alone, even as the strings of a lute are alone though they quiver with the same music.

Give your hearts, but not into each other's keeping.

For only the hand of Life can contain your hearts.

And stand together yet not too near together:

For the pillars of the temple stand apart, And the oak tree and the cypress grow not in each other's shadow.

On Children

And a woman who held a babe against her bosom said, "Speak to us of Children."

And he said: Your children are not your children.

They are the sons and daughters of Life's longing for itself.

They come through you but not from you, And though they are with you yet they belong not to you.

You may give them your love but not your thoughts, For they have their own thoughts.

You may house their bodies but not their souls, For their souls dwell in the house of tomorrow, which you cannot visit, not even in your dreams.

You may strive to be like them, but seek not to make them like you.

For life goes not backward nor tarries with yesterday.

You are the bows from which your children as living arrows are sent forth

The archer sees the mark upon the path of the infinite, and He bends you with His might that His arrows may go swift and far.

Let your bending in the Archer's hand be for gladness;

For even as He loves the arrow that flies, so He loves also the bow that is stable.

On Giving

Then said a rich man, "Speak to us of Giving."

And he answered:

You give but little when you give of your possessions.

It is when you give of yourself that you truly give.

For what are your possessions but things you keep and guard for fear you may need them tomorrow?

And tomorrow, what shall tomorrow bring to the overprudent dog burying bones in the trackless sand as he follows the pilgrims to the holy city?

And what is fear of need but need itself?

Is not dread of thirst when your well is full, the thirst that is unquenchable?

There are those who give little of the much which they have - and they give it for recognition and their hidden desire makes their gifts unwholesome.

And there are those who have little and give it all.

These are the believers in life and the bounty of life, and their coffer is never empty.

There are those who give with joy, and that joy is their reward.

And there are those who give with pain, and that pain is their baptism.

And there are those who give and know not pain in giving, nor do they seek joy, nor give with mindfulness of virtue;

They give as in yonder valley the myrtle breathes its fragrance into space.

Through the hands of such as these God speaks, and from behind their eyes He smiles upon the earth.

It is well to give when asked, but it is better to give unasked, through understanding;

And to the open-handed the search for one who shall receive is joy greater than giving.

And is there aught you would withhold?

All you have shall some day be given;

Therefore give now, that the season of giving may be yours and not your inheritor's.

You often say, "I would give, but only to the deserving."

The trees in your orchard say not so, nor the flocks in your pasture.

They give that they may live, for to withhold is to perish.

Surely he who is worthy to receive his days and his nights is worthy of all else from you.

And he who has deserved to drink from the ocean of life deserves to fill his cup from your little stream.

And what desert greater shall there be, than that which lies in the courage and the confidence, nay the charity, of receiving?

And who are you that men should rend their bosom and unveil their pride, that you may see their worth naked and their pride unabashed?

See first that you yourself deserve to be a giver, and an instrument of giving.

For in truth it is life that gives unto life-while you, who

deem yourself a giver, are but a witness.

And you receivers-and you are all receivers-assume no weight of gratitude, lest you lay a yoke upon yourself and upon him who gives.

Rather rise together with the giver on his gifts as on wings;

For to be overmindful of your debt is to doubt his generosity who has the free-hearted earth for mother, and God for father.

On Eating and Drinking

Then an old man, a keeper of an inn, said,

"Speak to us of Eating and Drinking."

And he said:

Would that you could live on the fragrance of the earth, and like an air plant be sustained by the light.

But since you must kill to eat, and rob the newly born of its mother's milk to quench your thirst, let it then be an act of worship.

And let your board stand an altar on which the pure and the innocent of forest and plain are sacrificed for that which is purer and still more innocent in man.

When you kill a beast say to him in your heart:

"By the same power that slays you, I too am slain; and I too shall be consumed. For the law that delivered you into my hand shall deliver me into a mightier hand. Your blood and my blood is naught but the sap that feeds the tree of heaven."

And when you crush an apple with your teeth, say to it in your heart:

"Your seeds shall live in my body, And the buds of your tomorrow shall blossom in my heart, And your fragrance shall be my breath, And together we shall rejoice through all the seasons."

And in the autumn, when you gather the grapes of your vineyards for the winepress, say in your heart:

"I too am a vineyard, and my fruit shall be gathered for the winepress, And like new wine I shall be kept in eternal vessels."

And in winter, when you draw the wine, let there be in your heart a song for each cup;

And let there be in the song a remembrance for the autumn days, and for the vineyard, and for the winepress.

Then a ploughman said, "Speak to us of Work."

On Work

And he answered, saying:

You work that you may keep pace with the earth and the soul of the earth. For to be idle is to become a stranger unto the seasons, and to step out of life's procession that marches in majesty and proud submission towards the infinite.

When you work you are a flute through whose heart the whispering of the hours turns to music.

Which of you would be a reed, dumb and silent, when all else sings together in unison?

Always you have been told that work is a curse and labour a misfortune.

But I say to you that when you work you fulfill a part of earth's furthest dream, assigned to you when that dream was born, And in keeping yourself with labour you are in truth loving life, And to love life through labour is to be intimate with life's inmost secret.

But if you in your pain call birth an affliction and the support of the flesh a curse written upon your brow, then I answer that naught but the sweat of your brow shall wash away that which is written.

You have been told also that life is darkness, and in your weariness you echo what was said by the weary.
And I say that life is indeed darkness save when there is urge,
And all urge is blind save when there is knowledge.
And all knowledge is vain save when there is work, And all work is empty save when there is love;
And when you work with love you bind your self to yourself, and to one another, and to God.

And what is it to work with love?
It is to weave the cloth with threads drawn from your heart,

even as if your beloved were to wear that cloth.

It is to build a house with affection, even as if your beloved were to dwell in that house. It is to sow seeds with tenderness and reap the harvest with joy, even as if your beloved were to eat the fruit.

It is to charge all things your fashion with a breath of your own spirit, And to know that all the blessed dead are standing about you and watching.

Often have I heard you say, as if speaking in sleep, "He who works in marble, and finds the shape of his own soul in the stone, is nobler than he who ploughs the soil.

And he who seizes the rainbow to lay it on a cloth in the likeness of man, is more than he who makes the sandals for our feet."

But I say, not in sleep, but in the over-wakefulness of noontide, that the wind speaks not more sweetly to the giant oaks than to the least of all the blades of grass;

And he alone is great who turns the voice of the wind into a song made sweeter by his own loving.

Work is love made visible.

And if you cannot work with love but only with distaste, it is better that you should leave your work and sit at the gate of the temple and take alms of those who work with joy.

For if you bake bread with indifference, you bake a bitter bread that feeds but half man's hunger.

And if you grudge the crushing of the grapes, your grudge distills a poison in the wine.

And if you sing though as angels, and love not the singing, you muffle man's ears to the voices of the day and the voices of the night.

On Joy and Sorrow

Then a woman said, "Speak to us of Joy and Sorrow."

And he answered: Your joy is your sorrow unmasked.

And the selfsame well from which your laughter rises was oftentimes filled with your tears.

And how else can it be?

The deeper that sorrow carves into your being, the more joy you can contain.

Is not the cup that holds your wine the very cup that was burned in the potter's oven?

And is not the lute that soothes your spirit the very wood that was hollowed with knives?

When you are joyous, look deep into your heart and you shall find it is only that which has given you sorrow that is giving you joy.

When you are sorrowful, look again in your heart, and you

shall see that in truth you are weeping for that which has been your delight.

Some of you say, "Joy is greater than sorrow,"
and others say, "Nay, sorrow is the greater."
But I say unto you, they are inseparable.
Together they come, and when one sits alone with you at your board, remember that the other is asleep upon your bed.

Verily you are suspended like scales between your sorrow and your joy.
Only when you are empty are you at standstill and balanced.
When the treasure-keeper lifts you to weigh his gold and his silver, needs must your joy or your sorrow rise or fall.

On Houses

Then a mason came forth and said,

"Speak to us of Houses."

And he answered and said: Build of your imaginings a bower in the wilderness ere you build a house within the city walls.

For even as you have home-comings in your twilight, so has the wanderer in you, the ever distant and alone.

Your house is your larger body.

It grows in the sun and sleeps in the stillness of the night; and it is not dreamless.

Does not your house dream? and dreaming, leave the city for grove or hilltop?

Would that I could gather your houses into my hand, and like a sower scatter them in forest and meadow.

Would the valleys were your streets, and the green paths your alleys, that you might seek one another through vineyards, and come with the fragrance of the earth in your garments.

But these things are not yet to be.

In their fear your forefathers gathered you too near together. And that fear shall endure a little longer.

A little longer shall your city walls separate your hearths from your fields.

And tell me, people of Orphalese, what have you in these houses? And what is it you guard with fastened doors?

Have you peace, the quiet urge that reveals your power?

Have you remembrances, the glimmering arches that span the summits of the mind?

Have you beauty, that leads the heart from things fashioned of wood and stone to the holy mountain?

Tell me, have you these in your houses?

Or have you only comfort, and the lust for comfort, that stealthy thing that enters the house a guest, and then becomes a host, and then a master?

Aye, and it becomes a tamer, and with hook and scourge makes puppets of your larger desires.

Though its hands are silken, its heart is of iron.

It lulls you to sleep only to stand by your bed and jeer at the dignity of the flesh.

It makes mock of your sound senses, and lays them in thistledown like fragile vessels.

Verily the lust for comfort murders the passion of the soul, and then walks grinning in the funeral.

But you, children of space, you restless in rest, you shall not be trapped nor tamed.

Your house shall be not an anchor but a mast.

It shall not be a glistening film that covers a wound, but an eyelid that guards the eye.

You shall not fold your wings that you may pass through doors, nor bend your heads that they strike not against a ceiling, nor fear to breathe lest walls should crack and fall down.

You shall not dwell in tombs made by the dead for the living.

And though of magnificence and splendour, your house shall not hold your secret nor shelter your longing.

For that which is boundless in you abides in the mansion of the sky, whose door is the morning mist, and whose windows are the songs and the silences of night.

On Clothes

And the weaver said, "Speak to us of Clothes."

And he answered:

Your clothes conceal much of your beauty, yet they hide not the unbeautiful.

And though you seek in garments the freedom of privacy you may find in them a harness and a chain.

Would that you could meet the sun and the wind with more of your skin and less of your raiment.

For the breath of life is in the sunlight and the hand of life is in the wind.

Some of you say,

"It is the north wind who has woven the clothes we wear."

And I say, Aye, it was the north wind, But shame was his loom, and the softening of the sinews was his thread.

And when his work was done he laughed in the forest.

Forget not that modesty is for a shield against the eye of the unclean.

And when the unclean shall be no more, what were modesty but a fetter and a fouling of the mind?

And forget not that the earth delights to feel your bare feet and the winds long to play with your hair.

On Buying and Selling

And a merchant said, "Speak to us of Buying and Selling."

And he answered and said:

To you the earth yields her fruit, and you shall not want if you but know how to fill your hands.

It is in exchanging the gifts of the earth that you shall find abundance and be satisfied.

Yet unless the exchange be in love and kindly justice it will but lead some to greed and others to hunger.

When in the market place you toilers of the sea and fields and vineyards meet the weavers and the potters and the gatherers of spices,- Invoke then the master spirit of the earth, to come into your midst and sanctify the scales and the reckoning that weighs value against value.

And suffer not the barren-handed to take part in your

transactions, who would sell their words for your labour.

To such men you should say:

"Come with us to the field, or go with our brothers to the sea and cast your net; For the land and the sea shall be bountiful to you even as to us."

And if there come the singers and the dancers and the flute players, buy of their gifts also.

For they too are gatherers of fruit and frankincense, and that which they bring, though fashioned of dreams, is raiment and food for your soul.

And before you leave the market place, see that no one has gone his way with empty hands.

For the master spirit of the earth shall not sleep peacefully upon the wind till the needs of the least of you are satisfied.

On Crime and Punishment

Then one of the judges of the city stood forth and said, "Speak to us of Crime and Punishment."

And he answered, saying:

It is when your spirit goes wandering upon the wind, That you, alone and unguarded, commit a wrong unto others and therefore unto yourself.

And for that wrong committed must you knock and wait a while unheeded at the gate of the blessed.

Like the ocean is your god-self;

It remains for ever undefiled.

And like the ether it lifts but the winged.

Even like the sun is your god-self; It knows not the ways of the mole nor seeks it the holes of the serpent.

But your god-self dwells not alone in your being.

Much in you is still man, and much in you is not yet man,
But a shapeless pigmy that walks asleep in the mist searching
for its own awakening.

And of the man in you would I now speak.

For it is he and not your god-self nor the pigmy in the mist
that knows crime and the punishment of crime.

Oftentimes have I heard you speak of one who commits a
wrong as though he were not one of you, but a stranger unto
you and an intruder upon your world.

But I say that even as the holy and the righteous cannot
rise beyond the highest which is in each one of you, So the
wicked and the weak cannot fall lower than the lowest which
is in you also.

And as a single leaf turns not yellow but with the silent
knowledge of the whole tree, So the wrong-doer cannot do
wrong without the hidden will of you all.

Like a procession you walk together towards your god-self.

You are the way and the wayfarers.

And when one of you falls down he falls for those behind

him, a caution against the stumbling stone.

Aye, and he falls for those ahead of him, who, though faster and surer of foot, yet removed not the stumbling stone.

And this also, though the word lie heavy upon your hearts:

The murdered is not unaccountable for his own murder, And the robbed is not blameless in being robbed.

The righteous is not innocent of the deeds of the wicked, And the white-handed is not clean in the doings of the felon.

Yea, the guilty is oftentimes the victim of the injured.

And still more often the condemned is the burden bearer for the guiltless and unblamed.

You cannot separate the just from the unjust and the good from the wicked;

For they stand together before the face of the sun even as the black thread and the white are woven together.

And when the black thread breaks, the weaver shall look into the whole cloth, and he shall examine the loom also.

If any of you would bring to judgment the unfaithful wife,

Let him also weigh the heart of her husband in scales, and measure his soul with measurements.

And let him who would lash the offender look unto the spirit of the offended.

And if any of you would punish in the name of righteousness and lay the axe unto the evil tree, let him see to its roots;

And verily he will find the roots of the good and the bad, the fruitful and the fruitless, all entwined together in the silent heart of the earth.

And you judges who would be just.

What judgment pronounce you upon him who though honest in the flesh yet is a thief in spirit?

What penalty lay you upon him who slays in the flesh yet is himself slain in the spirit?

And how prosecute you him who in action is a deceiver and an oppressor, Yet who also is aggrieved and outraged?

And how shall you punish those whose remorse is already greater than their misdeeds?

Is not remorse the justice which is administered by that very law which you would fain serve?

Yet you cannot lay remorse upon the innocent nor lift it from the heart of the guilty.

Unbidden shall it call in the night, that men may wake and gaze upon themselves.

And you who would understand justice, how shall you unless you look upon all deeds in the fullness of light?

Only then shall you know that the erect and the fallen are but one man standing in twilight between the night of his pigmy-self and the day of his god self, And that the cornerstone of the temple is not higher than the lowest stone in its foundation.

On Laws

Then a lawyer said, "But what of our Laws, master?"

And he answered: You delight in laying down laws, Yet you delight more in breaking them.

Like children playing by the ocean who build sand-towers with constancy and then destroy them with laughter.

But while you build your sand-towers the ocean brings more sand to the shore, And when you destroy them the ocean laughs with you.

Verily the ocean laughs always with the innocent.

But what of those to whom life is not an ocean, and manmade laws are not sand-towers, But to whom life is a rock, and the law a chisel with which they would carve it in their own likeness?

What of the cripple who hates dancers?

What of the ox who loves his yoke and deems the elk and deer of the forest stray and vagrant things?

What of the old serpent who cannot shed his skin, and calls all others naked and shameless?

And of him who comes early to the wedding feast, and when over-fed and tired goes his way saying that all feasts are violation and all feasters law-breakers?

What shall I say of these save that they too stand in the sunlight, but with their backs to the sun?

They see only their shadows, and their shadows are their laws. And what is the sun to them but a caster of shadows?

And what is it to acknowledge the laws but to stoop down and trace their shadows upon the earth?

But you who walk facing the sun, what images drawn on the earth can hold you?

You who travel with the wind, what weather vane shall direct your course?

What man's law shall bind you if you break your yoke but

upon no man's prison door?

What laws shall you fear if you dance but stumble against no man's iron chains?

And who is he that shall bring you to judgment if you tear off your garment yet leave it in no man's path?

People of Orphalese, you can muffle the drum, and you can loosen the strings of the lyre, but who shall command the skylark not to sing?

On Freedom

And an orator said,

"Speak to us of Freedom."

And he answered:

At the city gate and by your fireside I have seen you prostrate yourself and worship your own freedom, Even as slaves humble themselves before a tyrant and praise him though he slays them.

Aye, in the grove of the temple and in the shadow of the citadel I have seen the freest among you wear their freedom as a yoke and a handcuff.

And my heart bled within me;

for you can only be free when even the desire of seeking freedom becomes a harness to you, and when you cease to speak of freedom as a goal and a fulfillment.

You shall be free indeed when your days are not without a

care nor your nights without a want and a grief, But rather when these things girdle your life and yet you rise above them naked and unbound.

And how shall you rise beyond your days and nights unless you break the chains which you at the dawn of your understanding have fastened around your noon hour?
In truth that which you call freedom is the strongest of these chains, though its links glitter in the sun and dazzle your eyes.

And what is it but fragments of your own self you would discard that you may become free?
If it is an unjust law you would abolish, that law was written with your own hand upon your own forehead.
You cannot erase it by burning your law books nor by washing the foreheads of your judges, though you pour the sea upon them.
And if it is a despot you would dethrone, see first that his throne erected within you is destroyed.

For how can a tyrant rule the free and the proud, but for a tyranny in their own freedom and a shame in their own pride?

And if it is a care you would cast off, that care has been chosen by you rather than imposed upon you.

And if it is a fear you would dispel, the seat of that fear is in your heart and not in the hand of the feared.

Verily all things move within your being in constant half embrace, the desired and the dreaded, the repugnant and the cherished, the pursued and that which you would escape.

These things move within you as lights and shadows in pairs that cling.

And when the shadow fades and is no more, the light that lingers becomes a shadow to another light.

And thus your freedom when it loses its fetters becomes itself the fetter of a greater freedom.

On Reason and Passion

And the priestess spoke again and said:

"Speak to us of Reason and Passion."

And he answered, saying:

Your soul is oftentimes a battlefield, upon which your reason and your judgment wage war against your passion and your appetite.

Would that I could be the peacemaker in your soul, that I might turn the discord and the rivalry of your elements into oneness and melody.

But how shall I, unless you yourselves be also the peacemakers, nay, the lovers of all your elements?

Your reason and your passion are the rudder and the sails of your seafaring soul.

If either your sails or your rudder be broken, you can but toss and drift, or else be held at a standstill in mid-seas.

For reason, ruling alone, is a force confining; and passion, unattended, is a flame that burns to its own destruction.

Therefore let your soul exalt your reason to the height of passion, that it may sing;

And let it direct your passion with reason, that your passion may live through its own daily resurrection, and like the phoenix rise above its own ashes.

I would have you consider your judgment and your appetite even as you would two loved guests in your house.

Surely you would not honour one guest above the other; for he who is more mindful of one loses the love and the faith of both.

Among the hills, when you sit in the cool shade of the white poplars, sharing the peace and serenity of distant fields and meadows-then let your heart say in silence,

"God rests in reason."

And when the storm comes, and the mighty wind shakes the

forest, and thunder and lightning proclaim the majesty of the sky, then let your heart say in awe,

"God moves in passion."

And since you are a breath in God's sphere, and a leaf in God's forest, you too should rest in reason and move in passion.

On Pain

And a woman spoke, saying, "Tell us of Pain."

And he said:

Your pain is the breaking of the shell that encloses your understanding.

Even as the stone of the fruit must break, that its heart may stand in the sun, so must you know pain.

And could you keep your heart in wonder at the daily miracles of your life, your pain would not seem less wondrous than your joy;

And you would accept the seasons of your heart, even as you have always accepted the seasons that pass over your fields.

And you would watch with serenity through the winters of your grief.

Much of your pain is self-chosen.

It is the bitter potion by which the physician within you

heals your sick self.

Therefore trust the physician, and drink his remedy in silence and tranquillity:

For his hand, though heavy and hard, is guided by the tender hand of the Unseen, And the cup he brings, though it burn your lips, has been fashioned of the clay which the Potter has moistened with His own sacred tears.

On Self-Knowledge

And a man said, "Speak to us of Self-Knowledge."

And he answered, saying:

Your hearts know in silence the secrets of the days and the nights.

But your ears thirst for the sound of your heart's knowledge.

You would know in words that which you have always known in thought.

You would touch with your fingers the naked body of your dreams.

And it is well you should.

The hidden well-spring of your soul must needs rise and run murmuring to the sea;

And the treasure of your infinite depths would be revealed to your eyes.

But let there be no scales to weigh your unknown treasure;
And seek not the depths of your knowledge with staff or sounding line.

For self is a sea boundless and measureless.

Say not, "I have found the truth,"
but rather, "I have found a truth."
Say not, "I have found the path of the soul."
Say rather, "I have met the soul walking upon my path."
For the soul walks upon all paths.
The soul walks not upon a line, neither does it grow like a reed. The soul unfolds itself, like a lotus of countless petals.

On Teaching

Then said a teacher, "Speak to us of Teaching."

And he said: No man can reveal to you aught but that which already lies half asleep in the dawning of your knowledge.

The teacher who walks in the shadow of the temple, among his followers, gives not of his wisdom but rather of his faith and his lovingness.

If he is indeed wise he does not bid you enter the house of his wisdom, but rather leads you to the threshold of your own mind.

The astronomer may speak to you of his under standing of space, but he cannot give you his under standing.

The musician may sing to you of the rhythm which is in all space, but he cannot give you the ear which arrests the rhythm, nor the voice that echoes it.

And he who is versed in the science of numbers can tell of

the regions of weight and measure, but he cannot conduct you thither.

For the vision of one man lends not its wings to another man.

And even as each one of you stands alone in God's knowledge, so must each one of you be alone in his knowledge of God and in his under standing of the earth.

On Friendship

And a youth said, "Speak to us of Friendship."

And he answered, saying:

Your friend is your needs answered.

He is your field which you sow with love and reap with thanksgiving. And he is your board and your fireside.

For you come to him with your hunger, and you seek him for peace.

When your friend speaks his mind you fear not the "nay" in your own mind, nor do you with hold the "aye."

And when he is silent your heart ceases not to listen to his heart; For without words, in friendship, all thoughts, all desires, all expectations are born and shared, with joy that is unclaimed.

When you part from your friend, you grieve not;

For that which you love most in him may be clearer in his absence, as the mountain to the climber is clearer from the plain.

And let there be no purpose in friendship save the deepening of the spirit.

For love that seeks aught but the disclosure of its own mystery is not love but a net cast forth: and only the unprofitable is caught.

And let your best be for your friend.

If he must know the ebb of your tide, let him know its flood also.

For what is your friend that you should seek him with hours to kill?

Seek him always with hours to live.

For it is his to fill your need, but not your emptiness.

And in the sweetness of friendship let there be laughter, and sharing of pleasures.

For in the dew of little things the heart finds its morning and is refreshed.

On Talking

And then a scholar said, "Speak of Talking."

And he answered, saying:

You talk when you cease to be at peace with your thoughts;

And when you can no longer dwell in the solitude of your heart you live in your lips, and sound is a diversion and a pastime.

And in much of your talking, thinking is half murdered.

For thought is a bird of space, that in a cage of words may indeed unfold its wings but cannot fly.

There are those among you who seek the talkative through fear of being alone.

The silence of aloneness reveals to their eyes their naked selves and they would escape.

And there are those who talk, and without knowledge or

forethought reveal a truth which they themselves do not understand.

And there are those who have the truth within them, but they tell it not in words.

In the bosom of such as these the spirit dwells in rhythmic silence.

When you meet your friend on the roadside or in the market-place, let the spirit in you move your lips and direct your tongue.

Let the voice within your voice speak to the ear of his ear;

For his soul will keep the truth of your heart as the taste of the wine is remembered.

When the colour is forgotten and the vessel is no more.

On Time

And an astronomer said, "Master, what of Time?"

And he answered: You would measure time the measureless and the immeasurable.

You would adjust your conduct and even direct the course of your spirit according to hours and seasons.

Of time you would make a stream upon whose bank you would sit and watch its flowing.

Yet the timeless in you is aware of life's timelessness, And knows that yesterday is but today's memory and tomorrow is today's dream.

And that which sings and contemplates in you is still dwelling within the bounds of that first moment which scattered the stars into space.

Who among you does not feel that his power to love is

boundless?

And yet who does not feel that very love, though boundless, encompassed within the centre of his being, and moving not from love thought to love thought, nor from love deeds to other love deeds?

And is not time even as love is, undivided and spaceless?

But if in your thought you must measure time into seasons, let each season encircle all the other seasons, And let today embrace the past with remembrance and the future with longing.

On Good and Evil

And one of the elders of the city said,

"Speak to us of Good and Evil."

And he answered: Of the good in you I can speak, but not of the evil.

For what is evil but good tortured by its own hunger and thirst?

Verily when good is hungry it seeks food even in dark caves, and when it thirsts it drinks even of dead waters.

You are good when you are one with yourself.

Yet when you are not one with yourself you are not evil.

For a divided house is not a den of thieves; it is only a divided house.

And a ship without rudder may wander aimlessly among perilous isles yet sink not to the bottom.

You are good when you strive to give of yourself.

Yet you are not evil when you seek gain for yourself.

For when you strive for gain you are but a root that clings to the earth and sucks at her breast.

Surely the fruit cannot say to the root, "Be like me, ripe and full and ever giving of your abundance."

For to the fruit giving is a need, as receiving is a need to the root.

You are good when you are fully awake in your speech.

Yet you are not evil when you sleep while your tongue staggers without purpose.

And even stumbling speech may strengthen a weak tongue.

You are good when you walk to your goal firmly and with bold steps.

Yet you are not evil when you go thither limping

Even those who limp go not backward.

But you who are strong and swift, see that you do not limp before the lame, deeming it kindness.

You are good in countless ways, and you are not evil when you are not good, You are only loitering and sluggard.

Pity that the stags cannot teach swiftness to the turtles.

In your longing for your giant self lies your goodness: and that longing is in all of you.

But in some of you that longing is a torrent rushing with might to the sea, carrying the secrets of the hillsides and the songs of the forest.

And in others it is a flat stream that loses itself in angles and bends and lingers before it reaches the shore.

But let not him who longs much say to him who longs little, "Wherefore are you slow and halting?"

For the truly good ask not the naked, "Where is your garment?" nor the houseless, "What has befallen your house?"

On Prayer

Then a priestess said, "Speak to us of Prayer."

And he answered, saying:

You pray in your distress and in your need; would that you might pray also in the fullness of your joy and in your days of abundance.

For what is prayer but the expansion of your self into the living ether?

And if it is for your comfort to pour your darkness into space, it is also for your delight to pour forth the dawning of your heart.

And if you cannot but weep when your soul summons you to prayer, she should spur you again and yet again, though weeping, until you shall come laughing.

When you pray you rise to meet in the air those who are

praying at that very hour, and whom save in prayer you may not meet.

Therefore let your visit to that temple invisible be for naught but ecstasy and sweet communion.

For if you should enter the temple for no other purpose than asking you shall not receive:

And if you should enter into it to humble yourself you shall not be lifted:

Or even if you should enter into it to beg for the good of others you shall not be heard.

It is enough that you enter the temple invisible.

I cannot teach you how to pray in words.

God listens not to your words save when He Himself utters them through your lips.

And I cannot teach you the prayer of the seas and the forests and the mountains.

But you who are born of the mountains and the forests and the seas can find their prayer in your heart,

And if you but listen in the stillness of the night you shall hear them saying in silence;

Our God, who art our winged self, it is thy will in us that willeth.

"It is thy desire in us that desireth."

"It is thy urge in us that would turn our nights, which are thine, into days, which are thine also."

"We cannot ask thee for aught, for thou knowest our needs before they are born in us: Thou art our need; and in giving us more of thyself thou givest us all."

On Pleasure

Then a hermit, who visited the city once a year, came forth and said, "Speak to us of Pleasure."

And he answered, saying:

Pleasure is a freedom-song, But it is not freedom.

It is the blossoming of your desires, But it is not their fruit.

It is a depth calling unto a height, But it is not the deep nor the high.

It is the caged taking wing, But it is not space encompassed.

Aye, in very truth, pleasure is a freedom-song.

And I fain would have you sing it with fullness of heart; yet I would not have you lose your hearts in the singing.

Some of your youth seek pleasure as if it were all, and they are judged and rebuked.

I would not judge nor rebuke them.

I would have them seek.

For they shall find pleasure, but not her alone; Seven are her sisters, and the least of them is more beautiful than pleasure.

Have you not heard of the man who was digging in the earth for roots and found a treasure?

And some of your elders remember pleasures with regret like wrongs committed in drunkenness.

But regret is the beclouding of the mind and not its chastisement. They should remember their pleasures with gratitude, as they would the harvest of a summer.

Yet if it comforts them to regret, let them be comforted.

And there are among you those who are neither young to seek nor old to remember;

And in their fear of seeking and remembering they shun all pleasures, lest they neglect the spirit or offend against it.

But even in their foregoing is their pleasure.

And thus they too find a treasure though they dig for roots with quivering hands.

But tell me, who is he that can offend the spirit?

Shall the nightingale offend the stillness of the night, or the firefly the stars?

And shall your flame or your smoke burden the wind?

Think you the spirit is a still pool which you can trouble with a staff?

Oftentimes in denying yourself pleasure you do but store the desire in the recesses of your being.

Who knows but that which seems omitted to day, waits for tomorrow?

Even your body knows its heritage and its rightful need and will not be deceived.

And your body is the harp of your soul, And it is yours to bring forth sweet music from it or confused sounds.

And now you ask in your heart, "How shall we distinguish that which is good in pleasure from that which is not good?"

Go to your fields and your gardens, and you shall learn that it is the pleasure of the bee to gather honey of the flower, But it is also the pleasure of the flower to yield its honey to the bee.

For to the bee a flower is a fountain of life, And to the flower a bee is a messenger of love, And to both, bee and flower, the giving and the receiving of pleasure is a need and an ecstasy.

People of Orphalese, be in your pleasures like the flowers and the bees.

On Beauty

And a poet said, "Speak to us of Beauty."

And he answered:

Where shall you seek beauty, and how shall you find her unless she herself be your way and your guide?

And how shall you speak of her except she be the weaver of your speech?

The aggrieved and the injured say,

"Beauty is kind and gentle. Like a young mother half-shy of her own glory she walks among us."

And the passionate say,

"Nay, beauty is a thing of might and dread. Like the tempest she shakes the earth beneath us and the sky above us."

The tired and the weary say,

"Beauty is of soft whisperings. She speaks in our spirit. Her voice yields to our silences like a faint light that quivers in fear of the shadow."

But the restless say,

"We have heard her shouting among the mountains, And with her cries came the sound of hoofs, and the beating of wings and the roaring of lions."

At night the watchmen of the city say,

"Beauty shall rise with the dawn from the east."

And at noontide the toilers and the wayfarers say,

"We have seen her leaning over the earth from the windows of the sunset."

In winter say the snow-bound,

"She shall come with the spring leaping upon the hills."

And in the summer heat the reapers say,

"We have seen her dancing with the autumn leaves, and we saw a drift of snow in her hair."

All these things have you said of beauty, Yet in truth you spoke not of her but of needs unsatisfied, And beauty is not a need but an ecstasy.

It is not a mouth thirsting nor an empty hand stretched forth, But rather a heart inflamed and a soul enchanted.

It is not the image you would see nor the song you would hear, But rather an image you see though you close your eyes and a song you hear though you shut your ears.

It is not the sap within the furrowed bark, nor a wing attached to a claw, But rather a garden for ever in bloom and a flock of angels for ever in flight.

People of Orphalese, beauty is life when life unveils her holy face.

But you are life and you are the veil.

Beauty is eternity gazing at itself in a mirror.

But you are eternity and you are the mirror.

On Religion

And an old priest said, "Speak to us of Religion."

And he said:

Have I spoken this day of aught else?

Is not religion all deeds and all reflection, And that which is neither deed nor reflection, but a wonder and a surprise ever springing in the soul, even while the hands hew the stone or tend the loom?

Who can separate his faith from his actions, or his belief from his occupations?

Who can spread his hours before him, saying,

"This for God and this for myself; This for my soul and this other for my body?"

All your hours are wings that beat through space from self to self.

He who wears his morality but as his best garment were

better naked.

The wind and the sun will tear no holes in his skin.

And he who defines his conduct by ethics imprisons his song-bird in a cage.

The freest song comes not through bars and wires.

And he to whom worshipping is a window, to open but also to shut, has not yet visited the house of his soul whose windows are from dawn to dawn.

Your daily life is your temple and your religion.

Whenever you enter into it take with you your all.

Take the slough and the forge and the mallet and the lute,

The things you have fashioned in necessity or for delight.

For in reverie you cannot rise above your achievements nor fall lower than your failures.

And take with you all men:

For in adoration you cannot fly higher than their hopes nor humble yourself lower than their despair.

And if you would know God, be not therefore a solver of

riddles.

Rather look about you and you shall see Him playing with your children.

And look into space; you shall see Him walking in the cloud, outstretching His arms in the lightning and descending in rain.

You shall see Him smiling in flowers, then rising and waving His hands in trees.

On Death

Then Almitra spoke, saying, "We would ask now of Death."

And he said: You would know the secret of death.

But how shall you find it unless you seek it in the heart of life?

The owl whose night-bound eyes are blind unto the day cannot unveil the mystery of light.

If you would indeed behold the spirit of death, open your heart wide unto the body of life.

For life and death are one, even as the river and the sea are one.

In the depth of your hopes and desires lies your silent knowledge of the beyond; And like seeds dreaming beneath the snow your heart dreams of spring.

Trust the dreams, for in them is hidden the gate to eternity.

Your fear of death is but the trembling of the shepherd when he stands before the king whose hand is to be laid upon him in honour.

Is the shepherd not joyful beneath his trembling, that he shall wear the mark of the king?

Yet is he not more mindful of his trembling?

For what is it to die but to stand naked in the wind and to melt into the sun?

And what is it to cease breathing but to free the breath from its restless tides, that it may rise and expand and seek God unencumbered?

Only when you drink from the river of silence shall you indeed sing.

And when you have reached the mountain top, then you shall begin to climb.

And when the earth shall claim your limbs, then shall you truly dance.

The Farewell

And now it was evening

And Almitra the seeress said,

"Blessed be this day and this place and your spirit that has spoken."

And he answered, Was it I who spoke?

Was I not also a listener?

Then he descended the steps of the Temple and all the people followed him.

And he reached his ship and stood upon the deck.

And facing the people again, he raised his voice and said:

People of Orphalese, the wind bids me leave you.

Less hasty am I than the wind, yet I must go.

We wanderers, ever seeking the lonelier way, begin no day where we have ended another day; and no sunrise finds us where sunset left us.

Even while the earth sleeps we travel.

We are the seeds of the tenacious plant, and it is in our ripeness and our fullness of heart that we are given to the wind and are scattered.

Brief were my days among you, and briefer still the words I have spoken.

But should my voice fade in your ears, and my love vanish in your memory, then I will come again, And with a richer heart and lips more yielding to the spirit will I speak.

Yea, I shall return with the tide, And though death may hide me, and the greater silence enfold me, yet again will I seek your understanding.

And not in vain will I seek.

If aught I have said is truth, that truth shall reveal itself in a clearer voice, and in words more kin to your thoughts.

I go with the wind, people of Orphalese, but not down into emptiness;

And if this day is not a fulfillment of your needs and my love, then let it be a promise till another day.

Man's needs change, but not his love, nor his desire that his love should satisfy his needs.

Know therefore, that from the greater silence I shall return.

The mist that drifts away at dawn, leaving but dew in the fields, shall rise and gather into a cloud and then fall down in rain.

And not unlike the mist have I been.

In the stillness of the night I have walked in your streets, and my spirit has entered your houses, And your heart-beats were in my heart, and your breath was upon my face, and I knew you all.

Aye, I knew your joy and your pain, and in your sleep your dreams were my dreams.

And oftentimes I was among you a lake among the mountains.

I mirrored the summits in you and the bending slopes, and even the passing flocks of your thoughts and your desires.

And to my silence came the laughter of your children in

streams, and the longing of your youths in rivers.

And when they reached my depth the streams and the rivers ceased not yet to sing.

But sweeter still than laughter and greater than longing came to me. It was the boundless in you;

The vast man in whom you are all but cells and sinews;

He in whose chant all your singing is but a soundless throbbing.

It is in the vast man that you are vast, And in beholding him that I beheld you and loved you.

For what distances can love reach that are not in that vast sphere?

What visions, what expectations and what presumptions can outsoar that flight?

Like a giant oak tree covered with apple blossoms is the vast man in you.

His might binds you to the earth, his fragrance lifts you into space, and in his durability you are deathless.

You have been told that, even like a chain, you are as weak as your weakest link.

This is but half the truth. You are also as strong as your strongest link.

To measure you by your smallest deed is to reckon the power of ocean by the frailty of its foam.

To judge you by your failures is to cast blame upon the seasons for their inconstancy.

Aye, you are like an ocean, And though heavy-grounded ships await the tide upon your shores, yet, even like an ocean, you cannot hasten your tides.

And like the seasons you are also, And though in your winter you deny your spring, Yet spring, reposing within you, smiles in her drowsiness and is not offended.

Think not I say these things in order that you may say the one to the other, "He praised us well. He saw but the good in us."

I only speak to you in words of that which you yourselves know in thought.

And what is word knowledge but a shadow of wordless

knowledge?

Your thoughts and my words are waves from a sealed memory that keeps records of our yesterdays, And of the ancient days when the earth knew not us nor herself, And of nights when earth was upwrought with confusion.

Wise men have come to you to give you of their wisdom.

I came to take of your wisdom: And behold I have found that which is greater than wisdom.

It is a flame spirit in you ever gathering more of itself, While you, heedless of its expansion, bewail the withering of your days.

It is life in quest of life in bodies that fear the grave.

There are no graves here.

These mountains and plains are a cradle and a stepping-stone.

Whenever you pass by the field where you have laid your ancestors look well thereupon, and you shall see yourselves and your children dancing hand in hand.

Verily you often make merry without knowing.

Others have come to you to whom for golden promises made unto you faith you have given but riches and power and glory.

Less than a promise have I given, and yet more generous have you been to me.

You have given me my deeper thirsting after life.

Surely there is no greater gift to a man than that which turns all his aims into parching lips and all life into a fountain.

And in this lies my honour and my reward, That whenever I come to the fountain to drink I find the living water itself thirsty;

And it drinks me while I drink it.

Some of you have deemed me proud and over shy to receive gifts.

Too proud indeed am I to receive wages, but not gifts.

And though I have eaten berries among the hills when you would have had me sit at your board,

And slept in the portico of the temple when you would gladly have sheltered me,

Yet it was not your loving mindfulness of my days and my nights that made food sweet to my mouth and girdled my sleep with visions?

For this I bless you most:

You give much and know not that you give at all.

Verily the kindness that gazes upon itself in a mirror turns to stone, And a good deed that calls itself by tender names becomes the parent to a curse.

And some of you have called me aloof, and drunk with my own aloneness, And you have said,

"He holds council with the trees of the forest, but not with men. He sits alone on hill-tops and looks down upon our city."

True it is that I have climbed the hills and walked in remote places. How could I have seen you save from a great height or a great distance?

How can one be indeed near unless he be far?

And others among you called unto me, not in words, and they said:

"Stranger, stranger, lover of unreachable heights, why dwell you among the summits where eagles build their nests?

Why seek you the unattainable? What storms would you trap in your net, and what vaporous birds do you hunt in the sky?

Come and be one of us.

Descend and appease your hunger with our bread and quench your thirst with our wine."

In the solitude of their souls they said these things;

But were their solitude deeper they would have known that I sought but the secret of your joy and your pain, And I hunted only your larger selves that walk the sky.

But the hunter was also the hunted;

For many of my arrows left my bow only to seek my own breast. And the flier was also the creeper;

For when my wings were spread in the sun their shadow upon the earth was a turtle.

And I the believer was also the doubter;

For often have I put my finger in my own wound that I might have the greater belief in you and the greater knowledge of you.

And it is with this belief and this knowledge that I say, You are not enclosed within your bodies, nor confined to houses or fields. That which is you dwells above the mountain and roves with the wind.

It is not a thing that crawls into the sun for warmth or digs holes into darkness for safety, But a thing free, a spirit that envelops the earth and moves in the ether.

If these be vague words, then seek not to clear them.

Vague and nebulous is the beginning of all things, but not their end, And I fain would have you remember me as a beginning.

Life, and all that lives, is conceived in the mist and not in the crystal. And who knows but a crystal is mist in decay?

This would I have you remember in remembering me:

That which seems most feeble and bewildered in you is the strongest and most determined.

Is it not your breath that has erected and hardened the structure of your bones?

And is it not a dream which none of you remember having dreamt, that built your city and fashioned all there is in it?

Could you but see the tides of that breath you would cease to see all else, And if you could hear the whispering of the dream you would hear no other sound.

But you do not see, nor do you hear, and it is well.

The veil that clouds your eyes shall be lifted by the hands that wove it, And the clay that fills your ears shall be pierced by those fingers that kneaded it.

And you shall see.

And you shall hear.

Yet you shall not deplore having known blindness, nor regret having been deaf.

For in that day you shall know the hidden purposes in all

things, And you shall bless darkness as you would bless light.

After saying these things he looked about him, and he saw the pilot of his ship standing by the helm and gazing now at the full sails and now at the distance.

And he said:

Patient, over patient, is the captain of my ship.

The wind blows, and restless are the sails;

Even the rudder begs direction;

Yet quietly my captain awaits my silence.

And these my mariners, who have heard the choir of the greater sea, they too have heard me patiently.

Now they shall wait no longer.

I am ready.

The stream has reached the sea, and once more the great mother holds her son against her breast.

Fare you well, people of Orphalese. This day has ended.

It is closing upon us even as the water-lily upon its own tomorrow.

What was given us here we shall keep, And if it suffices not, then again must we come together and together stretch our hands unto the giver.

Forget not that I shall come back to you.

A little while, and my longing shall gather dust and foam for another body.

A little while, a moment of rest upon the wind, and another woman shall bear me.

Farewell to you and the youth I have spent with you.

It was but yesterday we met in a dream.

You have sung to me in my aloneness, and I of your longings have built a tower in the sky.

But now our sleep has fled and our dream is over, and it is no longer dawn.

The noontide is upon us and our half waking has turned to fuller day, and we must part.

If in the twilight of memory we should meet once more, we shall speak again together and you shall sing to me a deeper song.

And if our hands should meet in another dream we shall build another tower in the sky.

So saying he made a signal to the seamen, and straightaway they weighed anchor and cast the ship loose from its moorings, and they moved eastward.

And a cry came from the people as from a single heart, and it rose into the dusk and was carried out over the sea like a great trumpeting.

Only Almitra was silent, gazing after the ship until it had vanished into the mist.

And when all the people were dispersed she still stood alone upon the sea-wall, remembering in her heart his saying:

"A little while, a moment of rest upon the wind, and another woman shall bear me."

옮긴이 조달려

고려대학교 대학원 영어영문학과 박사과정 수료
전 울산과학대학교 영어 교수
현 아시아태평양도시관광진흥기구 근무

예언자

제 2판 1쇄 발행 ┃ 2016년 6월 10일

지은이 ┃ 칼릴 지브란
옮긴이 ┃ 조달려
교 열 ┃ 조진숙
디자인 ┃ 김현경
펴낸이 ┃ 강민자
펴낸곳 ┃ 다상출판사
등 록 ┃ 2006년 2월 7일
주 소 ┃ 서울시 성북구 북악산로 3길 38-7
전 화 ┃ 02-365-1507
팩 스 ┃ 0303-0942-1507
이메일 ┃ dasangbooks@hanmail.net

ISBN 979-11-957642-0-4 (03840)

* 이 책의 판권은 다상출판사에 있습니다.
* 이 책 내용의 전부 또는 일부를 재사용하려면 반드시 출판사의 서면 동의를 받아야 합니다.